U0789585

金陵全書

丁編·文獻類

臨川先生文集

（宋）王安石 撰

臨川集拾遺

（宋）王安石 撰
（民國）羅振玉 輯

南京出版傳媒集團
南京出版社

圖書在版編目（CIP）數據

臨川先生文集；臨川集拾遺 /（宋）王安石撰；羅振玉輯. -- 南京：南京出版社, 2023.6
（金陵全書）
ISBN 978-7-5533-4160-6

Ⅰ.①臨… Ⅱ.①王… ②羅… Ⅲ.①中國文學－古典文學－作品綜合集－北宋 Ⅳ.①I214.42

中國國家版本館CIP數據核字（2023）第058288號

書　　名	【金陵全書】（丁編·文獻類） **臨川先生文集·臨川集拾遺**
作　　者	（宋）王安石
出版發行	南京出版傳媒集團 南　京　出　版　社
	社址：南京市太平門街53號　　郵編：210016 網址：http://www.njcbs.cn　　電子信箱：njcbs1988@163.com 聯系電話：025-83283893、83283864（營銷）　025-83112257（編務）
出 版 人	項曉寧
出 品 人	盧海鳴
責任編輯	程　瑶
裝幀設計	楊曉崗
責任印製	楊福彬
製　　版	南京新華豐製版有限公司
印　　刷	南京凱德印刷有限公司
開　　本	889毫米×1194毫米　1/16
印　　張	164
版　　次	2023年6月第1版
印　　次	2023年6月第1次印刷
書　　號	ISBN　978-7-5533-4160-6
定　　價	3200.00元（全四册）

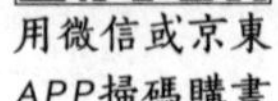
用微信或京東APP掃碼購書

用淘寶APP掃碼購書

總序

南京，古稱金陵，中國著名的四大古都之一，是國務院首批公佈的國家歷史文化名城。

南京有着六十萬年的人類活動史，近二千五百年的建城史，約四百五十年的建都史，享有『六朝古都』『十朝都會』的美譽。南京歷史的興衰起伏在某種程度上可以説是中國歷史的一個縮影。在中華民族光輝燦爛的歷史長河中，古聖先賢在南京創造了舉世矚目、富有特色的六朝文化、南唐文化、明文化和民國文化，爲中華民族文化的傳承和發展做出了不朽貢獻。然而，由於時代的遞遷、戰争的破壞以及自然的損毁等原因，歷史上南京的輝煌成就以物質文化形態留存下來的相對較少，見諸文獻典籍的則相對較多。南京文獻内涵廣博，卷帙浩繁，版本複雜。截至一九四九年中華人民共和國成立，南京文獻留存下來的有近萬種，在全國歷史文化名城中名列前茅。以六朝《世説新語》《文心雕龍》《昭明文選》，唐朝《建康實録》，宋朝《景定建康志》《六朝事迹編類》，元朝《至正金陵新志》，明朝《洪武京城圖志》《金陵古今圖考》《客座贅語》，清朝《康熙江寧府志》《白下瑣言》，民國《首都計劃》《首都志》《金陵古蹟圖考》等爲代表的南京地方文獻，不僅是南京文化的集中體現，也是中華民族優秀傳統文化的重要組成部分。這些南京文獻，積澱貯存了歷代南京人民的經驗和智慧，翔實地反映了南京地區的社會變遷，是研究南京乃至全國政治、經濟、軍事、文化、外交和民風民俗的重要資料。

歷史上的南京文化輝煌燦爛，各類圖書典籍琳琅滿目。迄今爲止，南京文獻曾經有過三次不同程度的整理。

第一次是距今六百多年前的明朝永樂年間，明朝中央政府在南京組織整理出版了《永樂大典》。《永樂大典》正文二萬二千八百七十七卷，凡例和目録六十卷，分裝成一萬一千零九十五册，總字數約三億七千萬字。書中保存了中國上自先秦、下迄明初的各種典籍資料達七八千種，是中國古代最大的類書。

第二次是民國年間，南京通志館編印了一套《南京文獻》。《南京文獻》每月一期，從一九四七年元月至一九四九年二月共刊行了二十六期，收入南京地方文獻六十七種，包括元明清到民國各個時期的著作，其中收録的部分民國文獻今天已經成爲絶版。

第三次是二〇〇六年以來，南京出版社選取部分南京珍貴文獻，整理出版了一套《南京稀見文獻叢刊》點校本，到二〇二〇年，已經出版了六十九册一百零五種，時代上起六朝，下迄民國，在學術普及方面做出了一定的貢獻。

中華人民共和國成立以來，尤其是改革開放以來，南京的政治、經濟、文化建設飛速發展，但南京文獻的全面系統整理出版工作一直没有得到應有的重視，這與南京這座國家歷史文化名城的地位頗不相稱。據調查，目前有關南京的各類文獻主要保存在南京圖書館、南京市檔案館，以及全國各地的高等院校、科研院所、圖書館、檔案館、博物館，少數流散於民間和國外。一方面，廣大讀者要查閲這些收藏在全國各地的南京文獻殊爲不便；另一方面，許多珍貴的南京文獻隨着歲月的流逝而瀕臨損毁和失傳。南京文獻的存史、資治、教化、育人功能没有得到應有的發揮。

盛世修史（志）。在中華民族和平崛起和大力弘揚民族傳統文化、全力發展民族文化事業的大背景下，在建設『文化南京』的發展思路下，中共南京市委、南京市人民政府於二〇〇九年十二月做出決定，將南京有史以來的地方文獻進行全面系統的匯集、整理和影印出版，輯爲《金陵全書》（以下簡稱《全書》），以更好地搶救和保護鄉邦文獻，傳承民族文化，推動學術研究，促進南京文化建設；同時，也更爲有効地增加南京文獻存世途徑，提昇南京文獻地位，凸顯南京文獻價值。

爲編纂出能够代表當代最高學術水平和科技成就，又經得起時間檢驗的《全書》，我們將編纂工作分成三個階段進行。第一個階段爲調研階段，主要對南京現存文獻的種類、數量、保存現狀以及收藏地點等進行深入細緻的調研，召集專家學者多次進行學術論證和可操作性論證，撰寫出可行性調查報告，爲科學決策提供依據，此項工作主要由中共南京市委宣傳部和南京出版社組織完成。第二個階段爲啓動階段，以二〇〇九年十二月二十四日召開的『《金陵全書》編纂啓動工作會』爲標志，市委主要領導親自到會動員講話，市委宣傳部對《全書》的編纂出版工作作了明確部署。在廣泛徵求專家學者意見的基礎上，確定了《全書》的總體框架設計，確定了將《全書》列爲市委宣傳部每年要實施的重大文化工程，確定了主要參編責任單位和責任人，並分解了任務。第三個階段爲編纂出版階段，主要在全國範圍内進行資料的徵集、遴選和圖書的版式設計、複製、排版及印製工作。

爲了確保《全書》編纂出版工作的順利進行，中共南京市委、南京市人民政府成立了專門的編纂出版組織機構。其中編輯工作領導小組，由中共南京市委、市政府領導以及相關成員單位主要負責人組成；《全書》的編纂出版工作由市委宣傳部總牽頭；學術指導委員會，由蔣贊初、茅家琦、梁白泉等一批全國著名的專家學者組成，負責《全書》的學術審核和把關。

《全書》分爲方志、史料、檔案和文獻四大類。自二〇一〇年起，計劃每年出版四十册左右。鑒於《全書》的整理出版工作難度較大，周期較長，在具體操作中，我們採取了分工協作的方式。市委宣傳部和南京出版社負責《全書》的總體策劃，其中方志部分，主要由南京市地方志編纂委員會辦公室和南京出版傳媒集團·南京出版社共同承擔；史料和文獻部分，主要由南京圖書館承擔；檔案部分，主要由南京市檔案局（館）承擔。《全書》的編輯出版，得到了江蘇省文化廳、江蘇省新聞出版局、江蘇省檔案局（館）、南京大學、南京圖書館、南京市文廣新局、南京市社科聯（社科院）、南京市文聯、金陵圖書館以及各區委宣傳部和地方志辦公室等單位及社會各界的熱情鼓勵和大力支持，尤其是得到了中國國家圖書館和全國各地（包括港臺地區）高等院校、科研院所、圖書館、檔案館、博物館等藏書單位的鼎力相助，在此表示深深的謝意！

我們相信，在中共南京市委、南京市人民政府的長期不懈支持下，在各部門、各單位的積極配合和衆多專家學者的共同努力下，這項功在當代、利在千秋的傳世工程一定能够圓滿完成。

《金陵全書》編輯出版委員會

凡例

一、《金陵全書》（以下簡稱《全書》）收録的南京文獻，分爲方志、史料、檔案和文獻四大類。

二、《全書》按上述四大類分爲甲、乙、丙、丁四編，以不同的封面顔色加以區分；每編酌分細類，原則上以成書時代爲序分爲若幹册，依次編列序號。

三、《全書》收録南京文獻的地域範圍，包括了清代江寧府所轄上元、江寧、句容、溧水、高淳、江浦、六合。

四、《全書》收録的南京文獻，其成書年代的下限爲一九四九年。

五、《全書》收録方志、史料和文獻，盡量選用善本爲底本。《全書》收録的檔案以學術價值和實用價值較高爲原則，一般選用延續時間較長、相對比較完整的檔案全宗。

六、《全書》收録的南京文獻底本如有殘缺、漫漶不清等情況，必要時予以配補、抽换或修描，以保證全書完整清晰；稿本、鈔本、批校本的修改、批注文字等均保留原貌。

七、《全書》收録的南京文獻，每種均撰寫提要，置於該文獻前，以便讀者了解其作者生平、主要内容、學術文化價值、編纂過程、版本源流、底本採用等情况。

八、《全書》所收文獻篇幅較大時，分爲序號相連的若幹册；篇幅較小的文獻，則將數種合編爲一册。

九、《全書》統一版式設計，大部分文獻原大影印；對於少數原版面過大或過小的文獻，適當進行縮小或放大處理，並加以説明。

十、《全書》各册除保留文獻原有頁碼外，均新編頁碼，每册頁碼自爲起訖。

總目録

第四册

提要

《臨川先生文集》一百卷，宋王安石撰，宋王珏編刻。

《臨川集拾遺》一卷，宋王安石撰，民國羅振玉輯。

王安石（一〇二一—一〇八六），字介甫，撫州臨川（今屬江西）人，自十七歲隨父王益之江寧府（今江蘇南京），父歿於官，遂舉家定居於此，晚年退歸江寧半山園，封舒國公、荆國公、舒王，謚『文』，世稱臨川先生、半山老人、王荆公、舒王、王文公、王荆文公等。北宋著名的政治家、改革家、思想家、文學家，主持熙寧新法（即王安石變法），開創『新學』，是『唐宋古文八大家』之一，亦是宋詩大家。有文集百卷傳世，另著有《三經新義》《字説》等。《宋史》卷三二七有傳。

《臨川先生文集》

王安石是一位具有恢宏格局的文化巨子，他在道德、事功、文學方面都達到了常人難以企及的高度，清人陸心源評曰：『三代而下，有經濟之學，有經術之學，有文章之學，得其一，皆可以爲儒。……自漢至宋，千有餘年，能合經濟、經術、文章而一之者，代不數人，荆國王文公其一焉。』（《儀顧堂集》卷一五《臨川集書後》）王安石開始闡釋和發揮儒家學説中有關道德性命的義藴，引領了宋人的儒家心性之學；其文道觀特别重視致用的一面，他要解決的不僅是『道』如何表達的問題，更是『道』如何實現的問題，其中藴含着『内聖』和『外王』的完整邏輯。王安石的文章多叙述、議論，邏輯縝密，概括性强，往往一針見血，不容置辯，故風格廉悍峭拔，瘦硬通神。王安石是北宋詩壇大家，其以學問爲詩，追求藝術上的精益求精等特點，最終形成了宋詩的典型特徵，與蘇軾、黄庭堅等成就了『宋詩』與『唐詩』雙峰并峙的詩史格局。

王安石去世後，由於政治局勢的反復無常，其文集一直無人編就，直至宋徽宗重和元年（一一一八）六月，朝廷始下詔官方主持編纂其文集，命王安石門人薛昂（字肇明）主司其事。此後不久，薛昂離朝外任，故宣和間，朝廷再詔王安石族孫王棣繼續此事。官修王安石文集編成後，旋因靖康之難而毁於兵火，遂湮没不傳（參見王珏《題臨川先生文集》）。南宋紹興年間，詹大和在臨川刊刻了《臨川文集》一百卷（『臨川本』，亦稱『桐廬本』），舒州又有《王文公文集》一百卷本（『龍舒本』）問世。紹興十九年（一一四九）十一月至紹興二十一年（一一五一）十二月，王珏任提舉兩浙西路常平茶鹽公事（《吴郡志》卷七），在此期間，他刊刻了《臨川先生文集》一百卷（『杭本』）。

王珏（一一一二—一一六四），字德全，王安石曾孫。曾任提舉兩浙西路常平茶鹽公事，官至户部員外郎。生平事迹詳見晁公溯所撰《王少卿墓志銘》（《嵩山集》卷五四）、雍正《江西通志》卷八〇。

據王珏《題臨川先生文集》，該書成於紹興二十一年。《文集》按詩文文體分類編次，卷一至卷一三古詩，卷一四至卷三四律詩，卷三五挽詞，卷三六至卷三七集句、歌曲（詞），卷三八四言詩、古賦、樂章、上梁文、銘、贊，卷三九書疏，卷四〇奏狀，卷四一至卷四四札子，卷四五至卷四八内制，卷四九至卷五五外制，卷五六至卷六一表，卷六二至卷七〇論議，卷七〇至卷七一雜著，卷七二至卷七八書，卷七九至卷八一啓，卷八二至卷八三記，卷八四序，卷八五至卷八六祭文、哀辭，卷八七至卷八九神道碑，卷九〇行狀、墓表，卷九一至卷一〇〇墓志。王珏編刻的『杭本』是以王安石文集的幾種舊本爲基礎的，其《題臨川先生文集》云：『曾大父之文，舊所刊行，率多舛誤。政和中門下侍郎薛公（薛昂）、宣和中先伯父大資（王棣）皆嘗被旨編定。後罹兵火，是書不傳。比年臨川、龍舒刊行，尚循舊本。珏家藏不備，復求遺稿於薛公家，是正精確，多以曾大父親筆、石刻爲據。其間參用衆本，取捨尤詳。至於斷缺，則以舊本補校足之。凡百卷，庶廣其傳云。』可見除一衆舊本外，王珏還廣泛參考了王安石留存的手書以及各地石刻，做了較爲精細的校勘和補缺工作。正因如此，『杭本』在校勘質量上比其他舊本有了一定程度的提高，具有較高的文獻價值。

王珏所刻『杭本』，刻版屢經遞修，存世的遞修本有多種。北京大學圖書館、上海圖書館藏有兩種蝶裝殘本《臨川先生文集》，前者存卷五二至卷五五共四卷，後者存目録上，有學者認爲這是目前可見的最早印本（見董岑仕點校《王安石詩箋注》『前言』）。北京大學圖書館另藏有『宋紹興中刻本』《臨川先生文集》殘帙四十八卷，王嵐《宋人文集編刻流傳叢考》認爲這與前面所説的殘帙四卷系同一版本。臺北也藏有殘帙二十二卷，有『沅叔藏宋本』『沅叔審定宋本』『雙鑒樓主人珍藏宋本』『傅增湘印』等印（見劉成國點校《王安石文集》『整理前言』）。國家圖書館另有鐵琴銅劍樓藏、黄廷鑒校的《臨川先生文集》一百卷，是比較完整的本子。

《金陵全書》收録的《臨川先生文集》以南京圖書館藏紹興二十一年王珏刻元明遞修本爲底本影印出版，該本原缺卷四四至卷五二，以清抄本配補，有丁丙跋語。

《臨川集拾遺》

本書由羅振玉輯。共收王安石佚詩八首，佚文六十一篇，其中如《進二經札子》《性論》《性命論》《荀卿論上》《國風解》《上龔捨人書》《再上龔捨人書》《答王深甫書》等，對了解王安石的學術、思想、政治、心態等皆有裨益。

羅振玉（一八六六—一九四〇），初名寶鈺，字式如，又字叔藴、叔言，號雪堂、永豐鄉人，晚號貞松老人、松翁，祖籍浙江上虞，生於江蘇淮安。中國近代考古學家、古文字學家、金石學家、敦煌學家、目録學家、校勘學家、農學家、教育家。著有《殷墟書契菁華》《三代吉金文存》《海外貞珉録》《秦金石刻辭》《殷文存》《毛鄭詩校議》等。

清宣統元年（一九〇九），羅振玉被任命爲京師大學堂農科監督，於當年赴日本考察，在宮内省圖書寮發現了一部雕刻精善的宋槧本《王文公集》七十卷，可以與其他王安石集子比勘而得出不少佚篇，但因行程匆忙，他衹記録了各卷目次而歸。歸國後，友人蒯光典（字禮卿）責其未詳校其目、寫其佚篇，深以爲憾。辛亥革命後，羅振玉再次東渡日本，想起已故的島田翰曾在宮内省圖書寮校書并撰有《古文舊書考》，或有可能對宋槧本《王文公集》有校録，遂向董康借其書（增訂本《古文舊書考》），果然發現島田翰對此書篇目有詳細記録。

據島田翰《元明清韓刊本》卷末附録，此《王文公集》乃『宋薛昂奉詔所編定，原刻本』，然羅振玉記此書於『構』字下注『御名』，可見應是宋高宗（趙構）紹興年間的刻本。另據羅振玉記載此書各卷目次爲：曰書（卷一至卷八），曰宣詔（卷九），曰制詔（卷十至卷十四），曰表（卷十五至卷二十一），曰啓（卷二十二至二十四），曰傳（卷二十五），曰雜著（卷二十六至卷三十三），曰記（卷三十四至卷三十五），曰序（卷三十六），曰古詩（卷三十七至卷五十一），曰律詩（卷五十二至卷七十），此恰與現存的『龍舒本』《王文公文集》一百卷的前七十卷目次完全相同，故可以斷定，羅振玉所見的宋槧本《王文公集》七十卷乃是南宋紹興年間的『龍舒本』，而非島田翰所説的薛昂所編官修本。羅振玉將其與『桐廬本』《臨川集》對勘，在此基礎上，又取陸心源《群書校補》中所録的王安石佚詩佚文，乃依『桐廬本』《臨川集》類次輯爲一卷，遂成《臨川集拾遺》。

《臨川集拾遺》有民國七年（一九一八）上海鉛印本、民國七年上海聚珍仿宋印書局鉛印本、羅振玉次子羅福萇抄本。

《金陵全書》收録的《臨川集拾遺》以南京圖書館藏民國七年上海鉛印本爲底本影印出版。

徐　濤

金陵全書

丁編・文獻類

臨川先生文集（一）

（宋）王安石　撰

南京出版傳媒集團
南京出版社

八千卷樓珍藏善本

上

臨川先生文集一百卷目錄二卷 元刊本

韓世能孫涉先生收藏书

宋王安石撰。安石字介甫，撫州臨川人。慶曆二年進士甲科，除制誥、翰林學士。熙寧三年拜中書門下平章事，七年罷，八年再入相，九年罷。謚文公，贈太傅。蔡卞之兄京，崇寧初秉政，詔配文宣王廟，後撤。宋史藝文志、書錄解題同載集一百卷。是書首有紹興辛未右朝散大夫提舉兩浙西路常平茶鹽公事王珏於紹興辛未書曰：日謹題曾大父之文，舊所刊行，率多舛誤。政和中門下侍郎薛公、宣和中先伯父大資皆被旨編定，後罹兵火，是書不傳。比年臨川、龍舒刊行，尚循舊本。珏家藏不備，復求遺稿於薛公家，是正精確，多以曾大父親筆石刻為據，其間參用眾本，取舍尤詳，至于斷缺，則以舊本補校足之，凡百卷，庶廣其傳云。瞿氏恬裕齋藏宋刊百卷本，每葉十二行，行二十字，與此本行款同。前有吳澄、劉將孫序。吳序云：宋政和間官局編書，詔取臨川之文，獨臨川集得刊于東之祠官，官書散失，私集亦無完善之本。金谿危素好古文，惜公之集零落，搜索諸本，增補校訂，總之凡若干卷，於臨川金陵、麻沙、浙西數處舊本頗為備也。序于成之。楊士奇跋是書云：敝藏曾王四家全集，今皆有刻板，惟北京有臨川集板，在國子監，而以北宗文淵閣所缺，什一用之。永樂八年扈從北京，亦可二本，以一本寄余，余既已補錄。遂以吳草廬先生所為序冠諸首，此版心闕刊年月，書卷五、第□刊三頁，字畫不能作北京本，疑有宗伯子士立印、韓印世能、五山世家、涉夫諸印。

臨川王文公文集序

文能變八代之弊追先漢之[illegible]者韓氏而已河東柳氏亞之[illegible]曹為盛唯廬陵歐陽氏眉山二蘇南豐曾氏臨川王氏五家與韓[illegible]並行夫自漢東都以逮于今[illegible]八百餘年而合唐宋之文可稱者僅七人焉則文之一事誠難矣哉荊國文公才優學博而識高其為文也度越輩流其行卓其志堅超[illegible]

貴之外無一毫矜飾之詞少壯至老死如一其爲人如此眞文之不易及也固宜宋政和間官局編書諸臣之文獨臨川集得預其列靖康之禍官書散失私集竟無完善之本弗如歐集曾集老蘇大蘇集之盛行於時也公絕頴之英間氣所生同時文人雖發意見素異尚且推尊公文口許心服無極其至而

之界陋之士不滿其視棄置并廢其文此公生平所謂流俗胡乃於公之

死後而猶然也金谿危素録其文號公集之零落搜家請本增補校訂總之凡若干卷比臨川金陵麻沙浙西數處舊本頗為備悉請予序其成書云之文如天之日星地之海嶽莫尚於序而公相業所威不滿者亦鮮究其底裏何也公負蓋世之名遇命世之主君臣密契殆若管葛主以至公至正之心欲堯舜其民臣以至公至正之心欲堯舜其君然而公之學淵博所言昭

君子之學也公之才識優而未至賢者伊周之事也不以其未明未能自少徒以其已明已能自多毅然自任而不回此其蔽也一時之議公者非偏則私不惟無以關其蔽而亦何能有以惬公論哉論之平而當足以定千載是非之真者其唯二程朱陸四子之言乎吳澄幼清序

臨川先生文集總目録上

第一卷

古詩

同王濬賢良賦龜

示元度

仲明父至宿明日遂行

杏花

奉酬約之見招

寄吴氏女子

贈約之

寄揚德逢

再次前韻寄楊德逢

仲明父不至

與呂望之上東嶺

與望之至八功德水

第二卷

古詩

第三卷

古詩

對棊與道原至草堂寺
書八功德水庵
放魚
䨫風
偶書二首
即事二首
擬寒山拾得二十首
自遣
自喻
古意
吾心
無營

第四卷

古詩

同沈道源遊八功德水
望鍾山
思北山
上南崗
謝公墩
秋夜泛舟
和耿天騭同遊定林
次韻約之謝惠詩
次韻舍弟江上
酬王濬賢良松泉二詩
答俞秀老
清涼寺送王彦魯

第五卷

古詩

第六卷

古詩

和王微之登高齋三首

第七卷

古詩

董伯懿示非衣晉公平淮右題名碑詩用其韻

和酬

用王微之韻八和酬即事書懷

和仲求即席作分題

出華縣

書任村馬舖

謝蘊作巫山高愛其飄逸因亦作兩篇

西風

久雨

和王勝之雪霽借馬入省
和吳冲卿鵶鳴樹石屏
送李宣叔倅漳州
送裴如晦宰吳江
韓持國從富并州辟
寄吳冲卿
韓持國見訪
思王逢原
登景德塔
和劉貢甫燕集之作
寄王逢原
寄正之

思古

惜日

送裴如晦即席分題三首

第八卷

古詩

兩馬齒俱壯

春從沙磧底

晨興望南山

結屋山澗曲

朝日一暴背

黃菊有至性

少狂喜文章

三戰敗不羞
少年見青春
白日不照物
草端無華滋
一日不再飯
秋枝如殘人
青青西門槐
天下不用車
山田久欲坼
聖賢何常施
散髮一扁舟
道人北山来

今日非昨日
秋日不可見
騏驥在霜野
悲哉孔子没
秋庭午吏散
秋日在梧桐
我欲往滄海
前日石上松
日出堂上飲

第九卷

古詩

孔子

揚雄二首
漢文帝
秦始皇
韓信
叔孫通
東方朔
揚劉
臧倉
田單
戴不勝
陸忠州
開元行

第十卷

古詩

和甫如京師微之置酒

別孫莘老

寄丁中允 賁臣

示平甫弟

憶北山送勝上人

相國寺啓同天節道場行香院觀戲者

馬上轉韻

乙巳九月登冶城作

過劉貢甫

估玉

[illegible]鄆公家白兒

[illegible]二首

第十一卷

平甫歸飲
答陳正叔
過食新城講
明州錢君倚衆樂亭
愛日
答裴煜道中見寄
餘寒
孤城
和微之藥名勸酒
客至當飲酒二首
乙未冬婦子病至春末已
強起

第十二卷

古詩

第十三卷

古詩

第十四卷

律詩五言八句

懷吴顯道

静照堂

重遊草堂次韻三首

題齊安寺山亭

自白門歸望定林有寄

宿定林示無外

宿北山示行詳上人

獨飯

草堂

示耿天騭

光宅

示無外

第十五卷

律詩五言八句

第十六卷

律詩　五言八句　六言長篇附

次韻范景仁二月五日夜風雪

次韻沖卿過睢陽

答沖卿

得書知二弟附陳師道舟上汴

初憩和州

瘡起舍弟尚未已示道原

送杜十八之廣南

崑山慧聚寺次張祜韻

吴江

江

江南

賈生

還自舅家書所感

世事

寄純甫

招丁元珍

遊杭州聖果寺

京兆杜嬰大醇卒以詩二首傷之

江上二首

夏夜舟中頗涼因有所感

孤桐

遲明

陪友人中秋夕賞月

愼縣脩路者

第十七卷

律詩

酴醿金沙二花合發

次韻公闢正議書公戲語申之以祝助發一笑

次韻致遠大人洲二首

次韻龔深甫二首

次葉致遠韻

次韻酬朱昌叔五首

次韻送程給事知越州

次韻酬徐仲元

詩奉送覺之奉使東川

次韻奉酬覺之

送程公闢得謝歸姑蘇

送項判官

次韻張德甫奉議

北山三詠

登寶公塔

重登寶公塔復用前韻二首

紙暖閣

雨花臺

北牕

小姑

嵘上人遽欲歸以詩留之

呈陳和叔幷序

招呂望之使君

公闢枉道見過獲聞新詩因叙歎仰

第十九卷

律詩七言八句

丹州道中

次韻王勝之詠雪

次韻酬府推仲通學士雪中見寄

次韻宋次道憶太平早梅

和曾子翊授舒掾之作

送劉和父奉使江西

次韻張子野竹林寺二首

送吳龍圖知江寧

送直講吳殿丞宰鞏縣

送真州吳處厚使君

送李質夫知陝府

題儀真致政孫學士歸來亭

第二十卷

律詩 七言八句

和文淑湓浦見寄

次韻吳季野再見寄

次韻平甫贈三靈山人程惟象

次韻和甫詠雪

次韻張氏女弟詠雪

次韻徐仲元詠梅二首

詩呈節判陸君

留題曾親盆山

不到太初兄所居遂已十年以詩奉寄

偶成二首

雨過偶書

寺春上回苑出卽事

上西垣舍人

退朝

與微之同賦梅花得香字三首

和曉菊

景福殿前柏

四月果

牆西樹

度麾嶺寄莘老

狄梁公陶淵明俱爲彭澤令至今有廟在焉刁景純作詩見示繼以一篇（嘉祐中提點江東刑獄時作）

寄沈鄱陽（時爲江東提刑）

送裴如晦宰吳江

第二十卷

第二十一卷

律詩七言八句

送王詹叔利州州路運判

送周仲章使君

送王蒙州

送龐簽判

送潘景純

送僧無惑歸鄱陽

送遜師歸舒州

寄育王大覺禪師

寄無爲軍張居士

次韻酬鄧子儀二首

送李璋

送章宏

別舊使君

送王龍圖守荆南

次韻酬宋中散二首

和宋太博服除還朝簡諸朋舊

次韻酬宋玘六首

寄吳正仲蒙馬行之梅聖俞和寄依韻酬之

寄平甫

次韻舍弟常州官舍廳客

舟還江南阻風有懷伯兄

同陳伯通錢材翁遊山二君有詩因次元韻

夢張劒州

酬慕容員外

第二十二卷

律詩

奉酬永叔見贈

送陳舜俞制科東歸

送何正臣主簿

與舍弟華藏院此君亭詠行

上元戲呈貢父

次韻楊樂道述懷

和楊樂道見寄

寄吴冲卿二首

酬冲卿見别

次御河寄城北會上諸友

次友人三首

寄張襄州

次韻昌叔灊樓讀書之樂

酬淨因長老樓上翫月見懷

寄張鶚招張安國金陵法曹

欲往淨因寄涇州韓持國

送別韓虞部

懷舒州山水呈昌叔

呈柳子玉同年

次韻陸定遠以謫往來求詩

李璋下第

送楊驥秀才歸鄱陽

平山堂

示德逢

示四妹

寄酬曹伯玉因以招之

次韻奉酬李質夫

寄袁州曹伯玉使君

邢太保有鶴折翼以詩傷之

寄致政吳虞部

再至京口寄漕使曹郎中

次韻平甫金山會宿寄親友

送何聖從龍圖

送趙學士陝西提刑

丙申八月作

西樓

即事

第二十三卷

律詩七言八句

酬吴仲庶小園之句

始與韓玉汝相近居遂相與遊今居復相近而兩家子唱和詩相屬因有此作

春寒

次韻再遊城西李園

予求守江陰未得酬昌叔憶江陰見及之作

送蘇屯田廣西轉運

酬淮南提刑邵不疑學士

酬王太祝

出城訪無黨因宿齋館

寄張氏女弟

奉寄子思以代別

次韻劉著作過茆山令平甫往遊因寄

次韻十四叔賜詩留別

次韻耿天隲大風

法喜寺

長干寺

落星寺在南康軍江中

清風閣

留題微之廨中清輝閣

次韻和甫春日金陵登臺

第二十四卷

律詩七言八句

送張卿致仕

送梅龍圖

送李秘校南歸

送蕭山錢著作

送靈仙裴太博

送趙燮之蜀永康簿

酬吳季野見寄

和平甫寄陳正叔

送王大卿致政歸江陵

送叔康侍御

寄朱昌叔

九日登東山寄昌叔

第二十五卷

律詩七言八句　七言長篇附

鍾山西庵白蓮亭

贈老寧僧首

次韻舍弟賞心亭即事二首

次韻陳學士小園即事

寄友人

登大茅山

登中茅山

登小茅山

送張仲容赴杭州孫公辟

贈李士寧道人

次韻春日即事

太湖恬亭

蒙城清燕堂

次韻酬吳彥珍見寄二首

自金陵如丹陽道中有感

初去臨川

讀史

讀詔書

王太丞邑事之暇過訪山館兼示佳篇

王浮梁太丞聽訟軒有水禽巢于竹林

寄虞氏兄弟

除夜寄舍弟

答熊本推官金陵寄酒

第二十六卷

律詩五言絶句　回紋　六言詩附

示道原

傳神自讚

題何氏宅園亭

草堂一上人

題黄司理園

北山游亭

題永昭陵

詠穀

池上看金沙花數枝過酴醾架盛開

五柳

移松皆死

山中

代陳景元書于太一宮道院壁

山雜

雜詠四首

卧聞

秋興有感

題八功德水

口占

偶書

送陳景初

泊姚江

樓上

春晴

送王彦會

送呂望之

别方劭祕校

梅花

紅梅

病起過寶見

書定林牕

題徐浩書法華經

回紋詩

碧蕪

夢長

送月

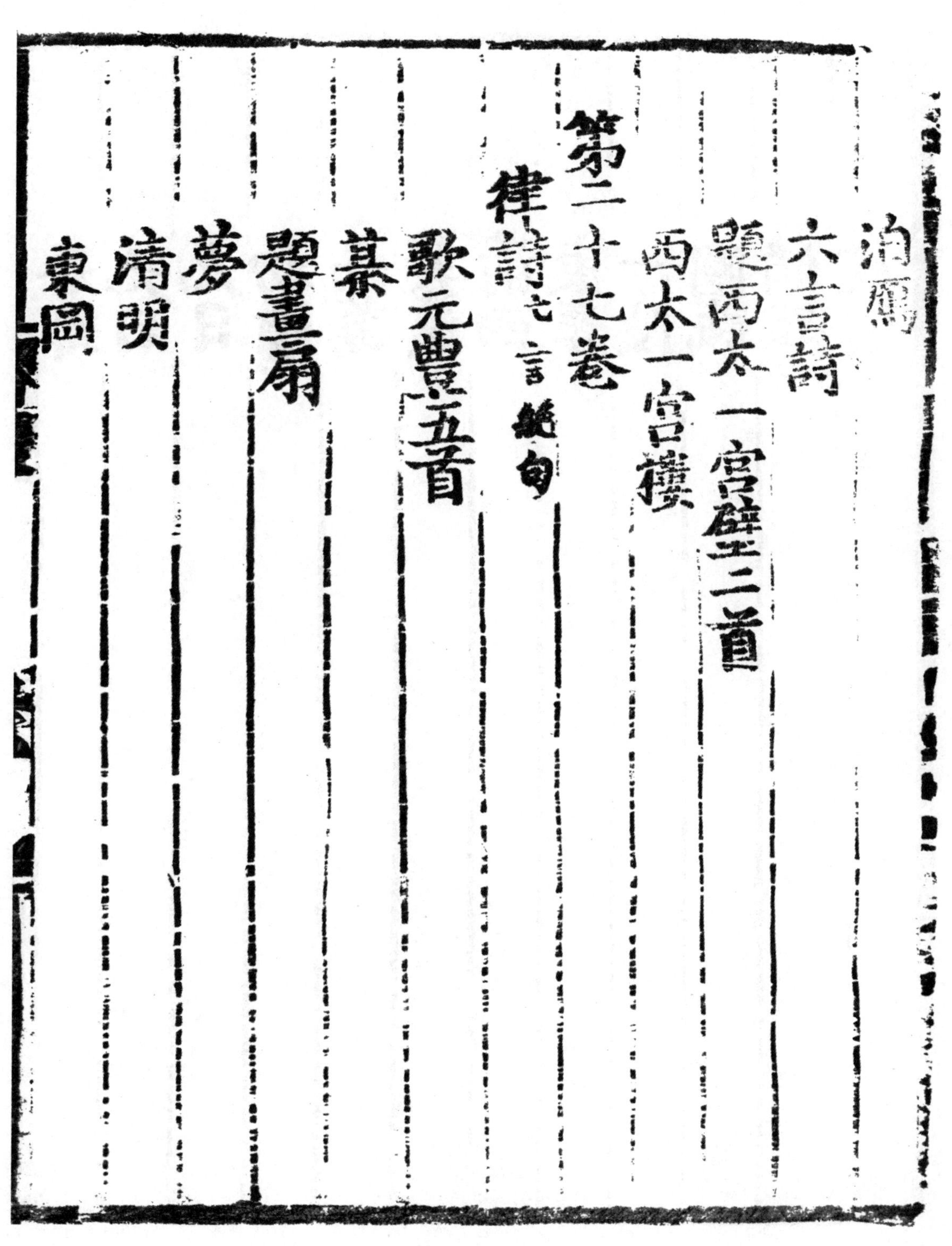

泊鴈

六言詩

題西太一宫壁二首

西太一宫樓

第二十七卷

律詩七言絶句

歌元豊五首

碁

題畫扇

夢

清明

東岡

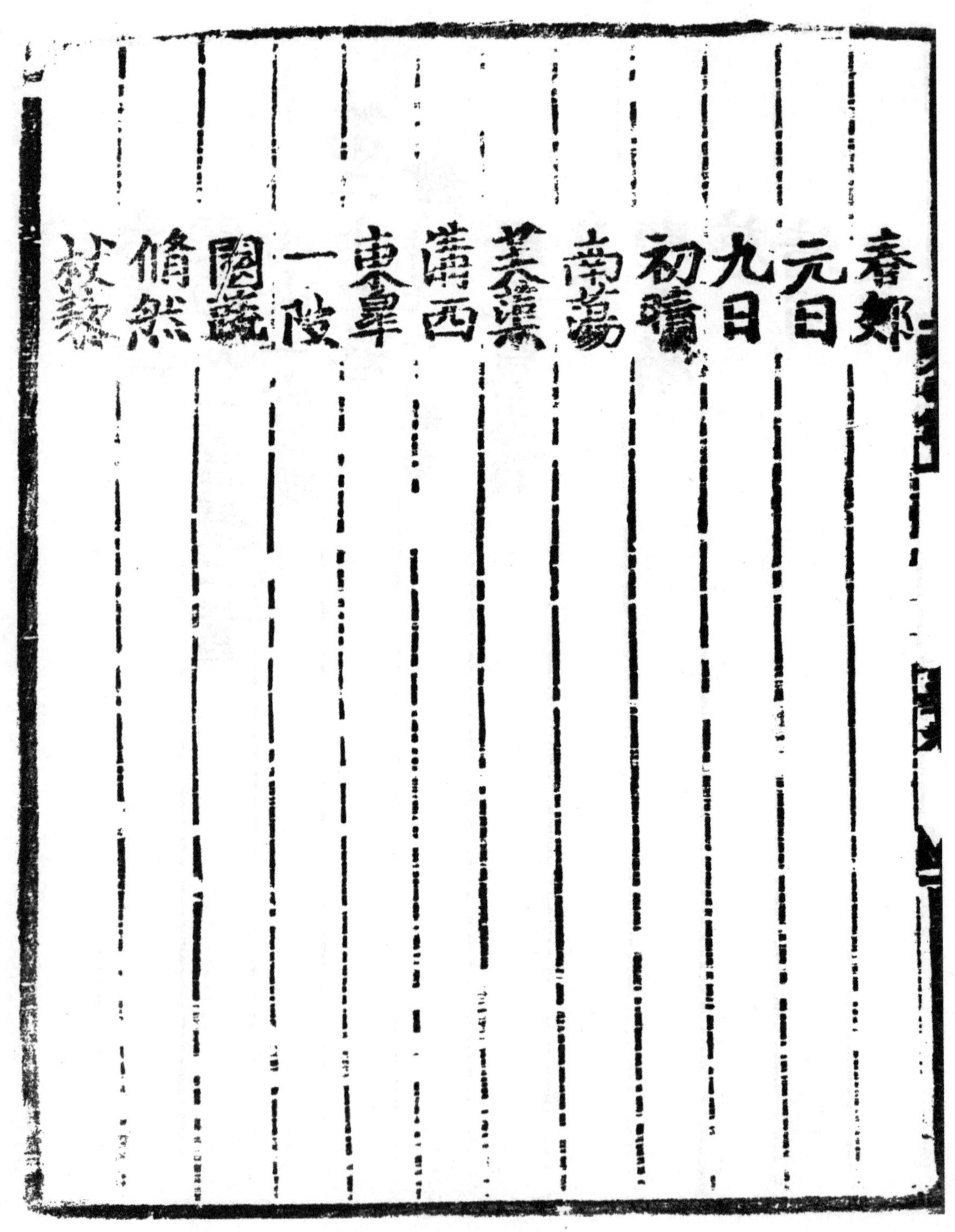

春郊
元日
九日
初晴
南蕩
芙蕖
蒲西
東皐
一陂
園蔬
翛然
杖藜

圖書
老嫌
移栁
誰將
雪乾
南浦
竹裏
蹟意
秋雲
春風
陂麥
木末

第二十八卷

律詩 七言絶句

耿天騭惠梨次韻奉酬三首

北山有懷

定林

封舒國公三首

北陂杏花

五更

與薛肇明弈棊賭梅花詩輸一首

又代薛肇明一首

溝上梅花欲發

江梅

耿天騭許以浪山千葉梅見寄

與天騭宿清涼廣惠僧舍

池上看金沙花數枝過酴醾架盛開二首

北山

詠菊二首

楊柳

北山道人栽松

山櫻

償薛肇明秀才榿栽

馬斃

出郊

懷府園

江口二首

蔣山手種松

中年

寄西[illegible]旒一首

寄吳氏女子

寄蔡天啓

呈陳和叔二首

招葉致遠

招楊德逢

和叔招不往

和叔雪中見過

俞秀老忽不見

與耿天騭會話

第二十九卷

律詩七言絶句

與道原過西莊遂遊寶乘

庚申正月遊齊安

庚申正月遊齊安有詩壬戌正月再遊

壬戌正月晦與仲元自淮上復至齊安

壬戌五月與和叔同遊齊安

歲字說後與曲江譚君丹陽蔡君同遊齊安

元豐二年十月政公改路故作此詩

書定林院牕

同熊伯通自定林過悟真二首

悟真院

傳神自讚

金陵郡齋

戲示蔣潁叔

遊城東示深之德逢

麗澤門

示公佐

示俞秀老二首

示李叔時

示寶覺二首

仲元女孫

示永慶院秀老

示王鐸主簿

戲城中故人

戲贈段約之
示俞處士
懷張唐公
憶金陵三首
離昇州作
望淮口
入瓜步望揚州
泊船瓜洲
重過余婆岡市
秦淮泛舟
中書即事
萬事

寄金陵傳神者李士雲

贈外孫

東流頻令罷官阻風示文叅以四句

楊德逢送米與法雲二老作此詩

送黄吉父將赴南康官歸金谿三首

第三十卷

律詩七言絶句

金陵即事三首

烏塘

柘岡

城北

金陵

暮春

雨晴

日西

禁直

御柳

祥雲

題中書壁

禁中春寒

試院中

學士院燕侍郎畫圖

道旁大松人取以為明

見鸜鵒戲作四句

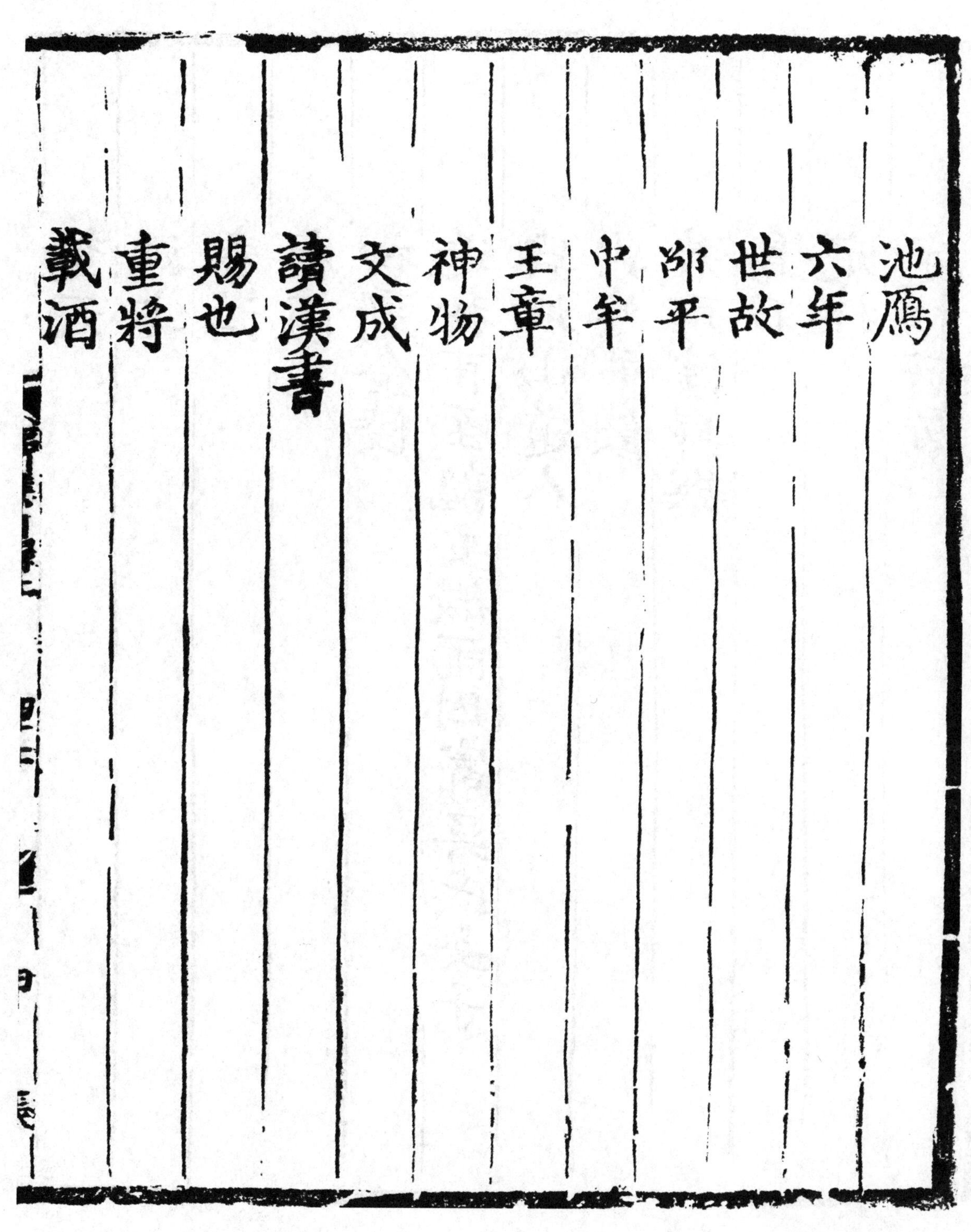

池鴈

六年

世故

邱平

中牟

王章

神物

文成

讀漢書

賜也

重將

載酒

楚天
江上
春江
春雨
初到金陵
送和甫至龍安微雨因寄吳氏女子
與北山道人
與外弟飲
若耶溪歸興
烏石
定林
定林所居

第三十一卷

律詩七言絶句

省中沈文通廳事

吳任道說應舉時事

送河中通判朱郎中迎母東歸

寄題杭州明慶院脩廣師明碧軒

夜直

試院中四首

人間

後殿牡丹未開

春日

寄韓持國

答韓持國

出城

涿州

出塞

入塞

書汜水關寺壁

題北山隱居王闕叟壁

和惠思歲二日二絶

赴召道中

江東召歸

平甫如通州寄之

寄顯道

和平父寄道光師

三品石

第三十二卷

律詩七言絶句

蘇秦

范雎

張良

曹參

韓信

伯牙

范增二首

賈生

两生

謝安

世上

讀後漢書

第三十三卷

律詩七言絶句

杏花
城東寺菊
拒霜花
燕
吐綬鷄
黄鸝
蝶
暮春
真州東園作
過皖口
發粟至石陂寺
别皖口

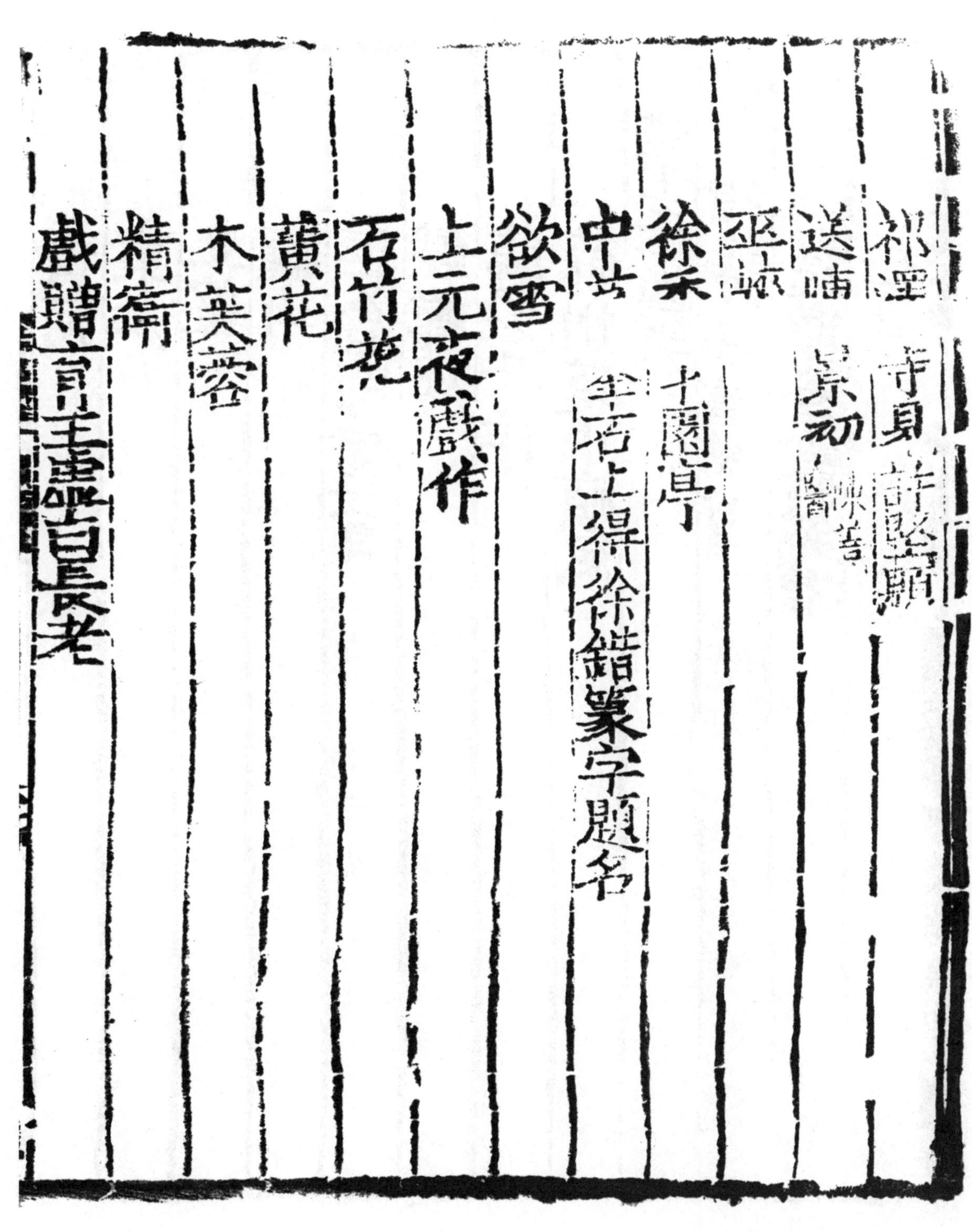

第三十四卷

律詩七言絶句

秋日

中秋夕寄平甫諸弟

靈山

荷花

殘菊

竹窻

出定力院作

寄育王大覺禪師

送僧遊天台

次韻張仲通水軒

送陳令

無錫寄正之

寄和甫
寄伯兄
别鄞女
真州馬上作
登飛来峰
讀漢功臣表
詠月
金山
疊翠亭
默默
達本
寓言二首

偶書

揚子

讀維摩經有感

春日即事

贈安大師

送李生白華嵒修道

寄道光大師

示報寧長老

紅梨

鷗

鸕二首

臨川先生文集總目録上

臨川先生文集總目錄下

第三十五卷

挽辭

仁宗皇帝挽辭四首

英宗皇帝挽辭二首

神宗皇帝挽辭二首

慈聖光獻皇后挽辭二首

正肅吳公挽辭三首

文元賈公挽辭二首

元獻晏公挽辭三首

忠獻韓公挽辭二首

正獻吳公挽辭

第三十六卷

集句古律詩

獨行

江口

戲贈湛源

與北山道人

梅花

即事五首

春風

春雪

花下

春山

金陵懷古

沈坦之將歸溧陽值雨留吾廬久之三首

第四十二卷

劄子

第四十三卷

劄子

第四十四卷

劄子

第四十五卷

內制 冊文表本青詞

文三道

朝享　聖祖大帝　仁宗　英宗皇帝册文

三道

皇后册文

先天天貺降聖冬至節內中露香表四道

南郊青城　皇帝問　太皇太后皇太后聖

體表

太皇太后皇太后回答　皇帝問聖體書

寒食節起居永定諸陵諸后陵表二道

中元節八月一日起居諸后永昭陵表二道

十月一日永昭陵奏告　仁宗皇帝表

十月一日起居永安諸陵諸后陵表二道

冬至節上諸陵諸后陵表二道
寒食節上南京鴻慶宮等處　太祖諸帝表
中元節起居諸帝神御殿諸陵表二道
十月一日起居揚州諸帝神御殿表
冬至節上南京鴻慶宮等諸帝表
先天節奏告　仁宗皇帝表
南郊下元節奏告　聖祖大帝表
南郊禮畢　皇帝謝内中功德表
南郊禮畢奏謝　英宗皇帝表
眞宗皇帝忌辰奏告永定陵景靈宫慈德殿
表
集禧觀開啓爲民祈福道場䟽表

鴻慶宫延祥觀崇先觀開啓　皇帝太皇太

后皇太后本命道場青詞四道

靈𧁡内殿西太一宫龍圖閣開啓太皇太后

皇太后生辰道場青詞四道

廣聖宫開啓　真宗皇帝忌辰道場青詞

福寧殿罷散開啓三長月道場青詞五道

福寧殿開啓南郊道場青詞

第四十六卷

内制　青詞　密詞　祝文　齋文

景靈宫三殿開啓中元節道場青詞

景靈宫保寧閣下元節道場青詞

寧聖殿開啓爲民祈福年交道場青詞二道

應天禪院奏告　太祖　太宗　眞宗皇帝
御容祝文

永隆殿奏告　太宗皇帝　元德皇后祝文

太廟奉慈諸廟奏告南郊等處祝文

諸皇后陵奏告謝南郊禮畢祝文

英德殿奉安　英宗皇帝御容祝文

延昌殿權奉安　英宗皇帝御容祝文

應天禪院坼修　太祖神御殿祭告祝文

景靈宫祭告太歲已下諸神祝文

崇眞彰德殿爲經霖雨奏告祝文

太廟后廟奉慈廟雅飾奏告祝文

西太一中太一宫立秋祝文　一道

賜韓琦湯藥詔

賜富弼乞判汝州詔

賜富弼上表乞致仕不允詔

賜允富弼乞假養疾詔

賜允富弼乞赴安州避災養疾詔

賜富弼赴闕詔二道

賜富弼赴闕并茶藥詔

賜富弼辭免南郊禮畢支賜詔

賜宰臣曾公亮已下辭南郊賜賚不允詔

賜陳升之辭免恩命不允詔

賜陳升之赴闕朝見茶藥詔

賜歐陽修上表乞致仕不允詔三道

第四十八卷

內制　詔書　批答　口宣

賜溪洞田元宗等進奉勑書

賜占城楊卜尸利律陁般摩提婆勑書

批荅文武百寮曾公亮已下上　尊號不允

二道

批荅曾公亮文彦博等賀壽星見二道

批荅富弼

批荅不允皇伯祖承亮辭免　恩命四道

批荅韓絳邵亢陳升之等辭免　恩命仍斷

來章二道

宣荅文武百寮稱賀宣德門肆赦南郊禮畢

三道

賜皇伯祖王元弼生日口宣

賜皇伯祖承亮加恩口宣

賜皇弟岐王顥生日禮物口宣

賜皇弟高密郡王生日禮物口宣

賜韓琦加恩口宣

賜韓琦生日禮物口宣

賜文彥博生日禮物口宣二道

賜吕公弼生日禮物口宣

賜富弼赴闕茶藥并賜詔口宣二道

賜陳升之赴闕朝見并賜茶藥口宣

賜富弼加恩口宣

撫問韓琦口宣

撫問陳升之兼賜夏藥口宣

撫問鄜延路延州沿邊臣寮口宣二道
撫問河北西路臣寮兼賜夏藥口宣
撫問并代州路臣寮并將校口宣
撫問高陽關路諸軍口宣
撫問送伴大遼賀正旦人使副口宣
撫問白溝驛賜北朝人使御筵口宣
賜大遼國人使已下生餼口宣
賜大遼國人使瀛州御筵口宣
賜大遼國人使就驛賜酒果口宣
北京賜大遼賀正旦人使御筵口宣
雄州賜大遼人使御筵兼撫問口宣
就驛賜大遼人使酒果口宣

第四十九卷

外制

王陶杜千能祠部張燾兵部郎中制三道

苗振職方王舉元刑部郎中制二道

王綽刑部郎中制

胡況周燮都官宋孝孫比部郎中制三道

錢暄比部王繹工部郎中制二道

李章周延雋賈綱卜紳朱從道晁仲綽鄭隨
並屯田郎中制七道

杜訢屯田員外郎制

薛仲孺虞部郎中制

楚建中邢夢臣王昇張師顔晏成裕並司封
員外郎制五道

蔡抗度支員外郎制

蘇寀王益柔並兵部員外郎制二道

錢公輔祠部員外郎朱延世虞部鄭紳駕部員外郎制三道

許遵陳汝義章俞韓繹劉牧王易知並職方員外郎制六道

謝景初何世昌陳安道晁仲約唐諲林大年並都官員外郎制六道

胥元衡李處厚並屯田員外郎制三道

呂元規可駕部員外郎制

吳充劉敞轉官制二道

劉覺等轉員外郎制

王伯恭王允李正臣劉叔寶轉官制四道

第五十一卷

外制

周革轉官任迴等加勲制二道

張慎脩徐師回等改官制二道

磨勘轉官制二道

明堂宗室加恩制

皇姪孫世永改隴州防禦使皇姪從古登州防禦使皇姪曾孫令磋右千牛衛大將軍制三道

鄭穆錢衮周豫楊南仲姚原道晏崇讓劉温竝太常博士制七道

柴餘慶國子博士制

邵亢太常丞制

蔡説晁仲熙王元甫並殿中丞制三道

高應之國子博士張俅太常丞范褒胡掖殿中丞制二道

王介毛篪許懋傳顏陳舜俞句士良並祕書丞制五道

高傳張璘王晌王佺並光禄寺丞制四道

郎元孫琪衛尉寺丞張汲元並大理評事制二道

柴元謹陳巨卿並衛尉寺丞孫琬大理寺丞制二道

張服尹忠恕張慎言孫昱薛昌弼雷宋臣太

子中舍劉師旦殿中丞制二道

方蘋高安世張湜傅充黄汾王塾並太子中舍制三道

王申等太子中允雷宋臣太子洗馬制二道

熊本高旦孫思恭並著作佐郎制三道

王賡糜孫覺姚闢游烈張晨公庠高膺盤崇大年潘及甫阮逸並著作佐郎馬好賢大理寺丞制八道

劉仲章施遜閻同吳安操高定林宗言徐績李文卿陳仲成張諲鄭民表韓燁呂[illegible]元劉公臣白贄錢藻段叔獻干觀[illegible]辛景賢朱乘之並大理寺丞制十八道

第五十二卷

外制

英宗即位覃恩轉官龍圖閣學士至龍圖閣直學士制

發運轉運提刑判官等制

卿監館職京官館職制二道

分司致仕正郎以下京官等制

諸司使副至崇班內常侍帶遥郡不帶遥郡制

皇兄叔弟姪及大將軍以下制二道

章惠杜皇后賀皇后尹皇后孫姪等轉官制

中書提點堂後官制

李端卿等舊官服闋制

張德溫任迥宋輔國等舊官服闋制二道

劉辯孫公亮王忠臣張諷舊官服闋制三道

元居中張詵張扶李安期張德淳舊官服闋

制四道

馬文德康璹舊官服闋制二道

皇姪右監門衛大將軍仲詧服闋舊官制

韓琦奏親姪孫怙祕校親姪女之子曹復戶

曹制二道

胡宿奏親兄亶守祕校制

司馬光親兄之子宏蔡抗男潛並試將作監

主簿制二道

龐籍遺表男元英屯田元常大理寺丞孫保

孫寅孫外孫陳仲師將作監主簿制四

道

田況遺表男守祕校至安太常寺太祝制

吳育遺表孫男儼俅並守將作監主簿制

宋祁遺表男俊國廣國守祕書省正字孫松年延年順年並將作監主簿制二道

崔嶧遺表親孫男俞范師道遺表第三男世文張方遺表親男平易並守將作監主簿制三道

呂師簡遺表次男昌宗張鑄遺表親次孫彩試將作監主簿余良孺遺表曾孫漁張温之孫基張元遺表孫在至非並將作監主簿制五道

魏琰男太廟齋郎紓張應符男通除仲容男公輔李卓男元之並試將作監主簿制

四道

諸州軍并轉運提刑弟姪男恩澤等並試監簿制

王孝叔通判舂州兼知本州制

李執中可察推制

呂開依前充鎮南軍節度推官制

富翱葛順趙君序齊景甫並縣令制四道

李壽燾李昌言並録事參軍制二道

賈逵充侍衛親軍步軍副指揮使制

錢晦霸州防禦使李端愨眉州防禦使周翰

第五十三卷

李用和六宅副使制

宋良王萬禮賓副使制二道

李景賢穆遂石用休文思副使制三道

夏偉內園副使制

譚德潤楊宗禮張繼渥朱漸王欽李惟正並

　供備庫副使制五道

崇班胡珙等改官制

軍員等換諸司使副承制崇班制

王保常靳宗永內殿承制制二道

狄詢內殿崇班依前職制

楊元張建中內殿崇班制二道

慕恩壯作坊使制

陳竒孫扆太子中允致仕制二道

樞密副使吳奎父太常丞致仕制

李壽父文俊守祕書省校書郎致仕制

崔嶧刑部侍郎致仕制

周濤太常太祝梁御名光祿寺丞致仕制

郝中和國子博士致仕制

商璦趙九言張御名董安龍興鄭旦太子中舍致仕制六道

馬房衛尉寺丞家仲友太子洗馬吳野璀太子中舍致仕制三道

王正臣孫檢守祕書省校書郎致仕制二道

李昧國子監丞郭震太子中允致仕制二道

第五十四卷

宰相富弼三代制六道

參知政事歐陽脩三代制六道

樞密使張昪封贈三代制八道

樞密副使胡宿封贈三代制六道

樞密副使吴奎封贈制二道

皇故第十三女追封楚國公主制

故充瑗董氏贈婉儀制

吴奎亡妻趙氏胡宿亡妻吴氏追封信都蘭陵郡夫人制二道

故董淑妃養女御侍張氏安福縣君李氏仁和縣君依舊御侍制二道

聽宣蔣氏張氏並司言制

淑妃董氏遺表父右侍禁安内殿崇班制

德妃沈氏姪孫獻卿試大理評事制

苗賢妃親姊苗氏男張士端試將作監主簿

制

令襄故母錢氏可追封仁和縣君制

從信故所生母許氏追封平原縣太君制

蘇唐卿母孫氏萬年縣君制

祁元振亡母丁氏追封昭德縣太君制

歐陽脩女樂壽縣君文彥博女安福縣君制

二道

宋庠親孫女永寧縣君制

龐籍遺表長女安康郡君第五女德安縣君

第七女壽安縣君制三道

允初長女嘉興郡君制

宗説第十八女永泰縣君制

克洵第二女等並特封縣君制

世永第三女金城縣君制

仲勸新婦陳氏封邑制

皇兄承簡追封安定郡王皇弟承俊追封樂平郡公皇姪孫世芬追封廣平侯制三道

李詵父贈司空兼侍中制

王凱贈節度使制

馬從先父震贈尚書工部侍郎句諶父希仲

第五十五卷

外制

常州宜興縣主簿李資濰州北海縣主簿制五道

皇姪宗懿改郢州防禦使邢王孫宗望舒州防禦使餘如故制二道

呂溱吏部郎中蕭固司封員外郎陳昭素都官員外郎制三道

陳憲臣孫夷甫屯田員外郎安保衡都官員外郎制三道

王起太常博士沈扶國子博士制二道

王拱已太常博士沈士龍祕書丞制二道

任慶之大理寺丞趙僅改大理寺丞制二道

劉起西京左藏庫副使改郭慶基將作監主簿

制二道

張及孫復舊官制

徐幷奉禮郎周延年光禄寺丞制二道

李瑋安州管内觀察使制

蕭注奉寧軍節度副使不簽書本州公事制

蕭注責授團練副使制

張師正落刺史依舊儀鸞使制

宋安道落巴州刺史制

宋安道責授衛州團練副使不簽書本州公

事制

王用内殿承制劉舜臣禮賓副使制二道

崔懷忠内殿承制胡東之守祕校制二道

張慶隨右贊善大夫餘如故制

彭士方容州別駕張銳守荆南府參軍制二道

周大亨密州司馬制

余靖蔡襄奏醫人王沂李端試四門助教制二道

程戡胡宿范鎮奏醫人房用和夏日宣王獻臣四門助教制三道

歐陽脩趙槩奏醫人夏日華武世安試國子四門助教制二道

馬懷德遺表吴戞試將作監主簿制

何郯奏謝愈試四門助教制

仇昺充翰林醫官副使制

周元亨成都府温江縣主簿陳昱利州司户
參軍依前充職制二道

魏昭永恩州録事楊忠信吴安期何惟慶並
特授將仕郎制二道

袁士宗守蓬州蓬山縣主簿衛進之青州司
户參軍張歸一李汶並開州開江縣主
簿制三道

王亨鄭州司馬莊詡青州壽光縣尉制二道

魏貫充中書守闕主事張世良中書録事制

李懷曦秦宗古遂州司户參軍制

周成務金吾衛長史制

呂昭亭常州宜興縣尉袁舜卿濰州北海縣尉邊士寧青州益都縣尉制三道

郭餘慶應州金城縣主簿張文仲蓬山縣主簿依前充職制二道

曾公亮奏句當人趙化基制

青州奏張贊獨孤用和年一百一歲並本州助教制

安化中下州北遐鎮蠻人一百一十人並銀酒監武制

壽州稅戶李仲章李仲淵本州助教制

宿州市戶朱億弟傑本州助教制

空名助教并試監簿制

第五十六卷

表

第五十七卷

表

第五十八卷

表

第五十九卷

表

第六十卷

表

第六十一卷

表

英宗山陵禮畢慰　皇帝表

又慰　太皇太后表

又慰　皇太后表

英宗祔廟禮畢慰　皇帝表

又慰　太皇太后表

又慰　皇太后表

慈聖光獻皇后昇遐慰　皇帝表

慈聖光獻皇后啓殯及復土返虞慰　皇帝
表二道

慈聖光獻皇后神主祔廟慰　皇帝表

慈聖光獻皇后朞祥除慰　皇帝表

正旦奉慰表

第六十八卷

第六十九卷

第七十卷

第七十一卷

第七十二卷

書

第七十三卷

書

第七十四卷

書

第七十五卷

書

第七十六卷

書

第七十七卷

書

第七十八卷

書

第七十九卷

啓

賀致政趙少保啓

賀呂參政啓

回謝王參政啓

賀章參政啓

免參政上兩府啓

荅高麗國王啓

罷相出鎮回謝啓

謝皇親救敖啓

賀韓史館相公啓

回留守太尉賀生日啓

除參知政事謝執政啓

回王參政免啓

第八十卷

啓

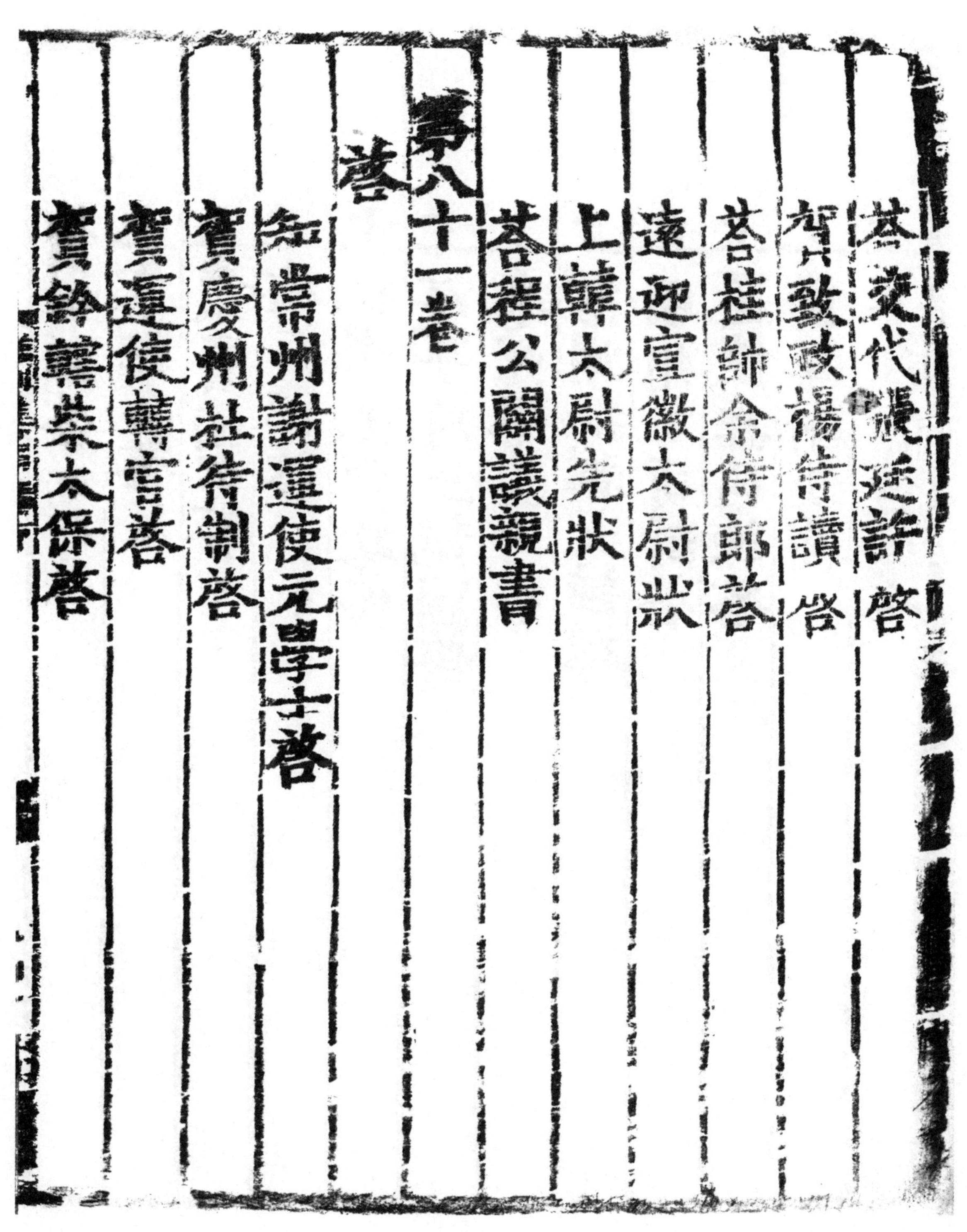

第八十一卷

啓

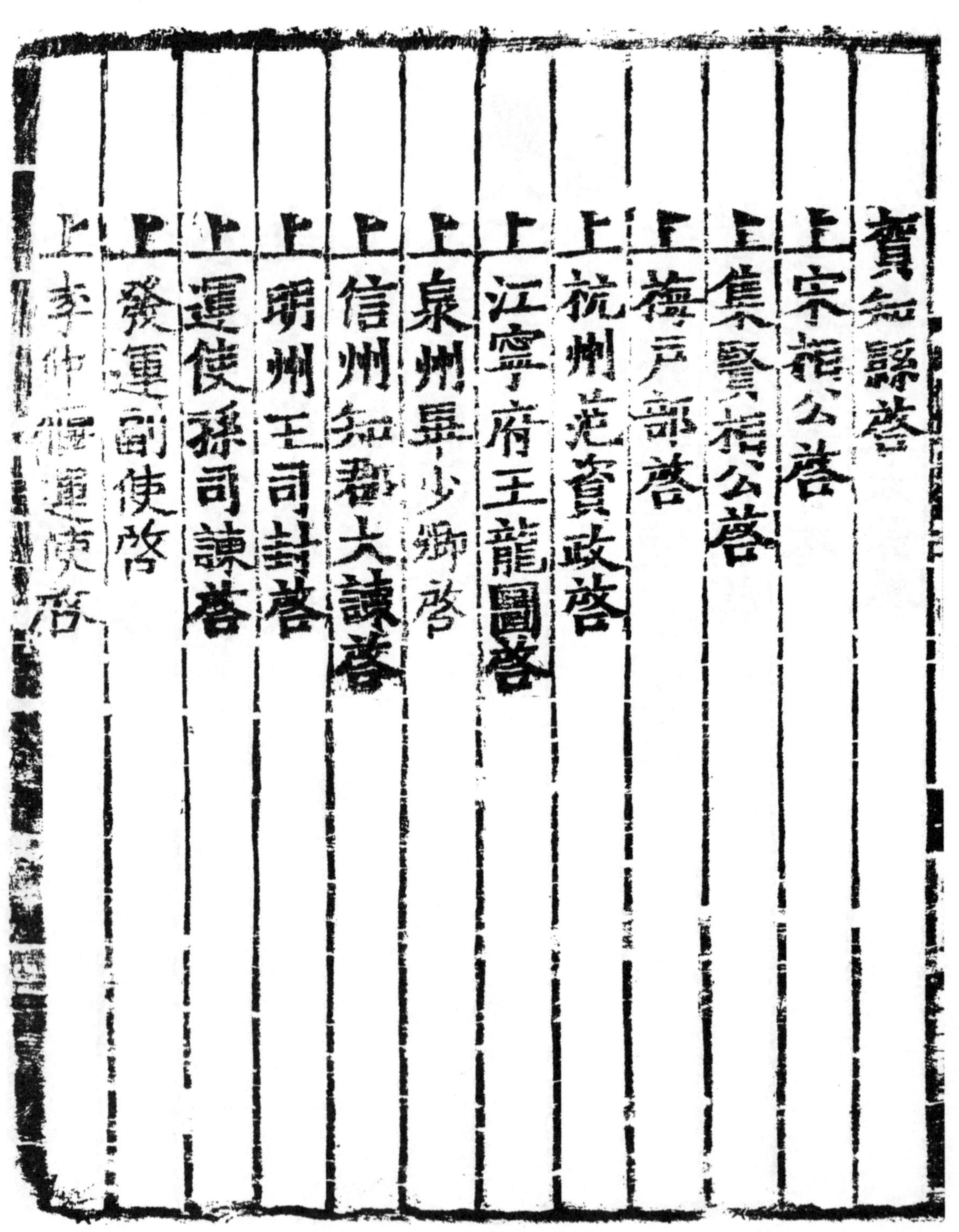
賀知縣啓

上宋祁公啓

上集賢相公啓

上梅戶部啓

上杭州范資政啓

上江寧府王龍圖啓

上泉州畢少卿啓

上信州知郡大諫啓

上明州王司封啓

上運使孫司諫啓

上發運副使啓

上李仲偃運使啓

第八十二卷

記

第八十三卷

記

第八十四卷

序

第八十六卷

祭文

哀辭

第八十七卷

第九十卷

行狀

墓表

第九十一卷

墓誌

第九十二卷

墓誌

第九十三卷

墓誌

第九十四卷

墓誌

第九十五卷

墓誌

第九十六卷

墓誌

墓誌

第九十九卷

墓誌

第一百卷

墓誌

臨川先生文集總目録下

臨川先生文集卷第一

古詩

元豐行示德逢

後元豐行

夜夢與和甫別因寄純甫

純甫出釋惠崇畫要予作詩

徐熙花

燕侍郎山水

陶縝菜

送沈氏妹于白鷺洲遇雪作詩寄天騭

招約之職方并示正甫書記

同王濬賢良賦龜

闇望之解舟

法雲

彎碕

月夜二首

兩山閒

元豐行示德逢

四山翛翛映赤日，田背坼如龜兆出。湖陰先生坐草室，看踏溝車望秋實。雷蟠電掣雲滔滔，夜半載雨輸亭皋。旱禾秀發埋牛尻，豆死更蘇肥莢毛。倒持龍骨挂屋敖，買酒澆客追前勞。三年五穀賤如水，今見西成復如此。元豐聖人與天通，千秋萬歲與此同。先生在野故不窮，擊壤至老歌元豐。

後元豐行

歌元豐十日五日一雨風行千里不見土連山没雲皆種黍水秧綿綿復多稌龍骨長乾挂梁梠鰣魚出網蔽洲渚荻筍肥甘勝牛乳百錢可得酒斗許雖非社日長聞鼓吴兒蹋歌女起舞但道快樂無所苦老翁塹水西南流楊柳中間杙小舟乘興欹眠過白下逢人歡笑得無愁

夜夢與和甫別如赴北京時和甫作詩覺而有作因寄純甫

水菽中歲樂昬菌暮年悲同胞苦零落會合尚悽其況乃夢乘閣傷懷而賦詩詩言道路寒乃似北征時叔兮今安否季也來何遲中夜遂不眠輾轉涕流離

老我孤主恩結草以為期冀叔善事國有知無不為千里永相望昧昧我思之幸唯季優游歲晚相攜持於焉可晤語水木有茅茨晚蘭佇歸憩遶屋正華滋

純甫出釋惠崇畫要予作詩

畫史紛紛莫足數惠崇晚出吾最許旱雲六月漲林莽移我儵然墮洲渚黃蘆低摧雪翳土鳧鴈靜立將儔侶往時所歷今在眼沙平水澹西江浦暮氣沈舟暗魚罟欹眠嘔軋如聞櫓頗疑道人三昧力異域山川能斷取方諸承水調幻藥灑落生綃變寒暑金坡巨然山數堵粉墨空多真漫與大梁崔白亦善畫曾淨初吐酒酣弄筆起春風便恐漂零作紅雨枝婉欲語蜜蜂掇蕊隨翅股一時二子皆絕

多羈紛華堂豈惜萬黃金苦道今人不

徐熙花

可盃江左杏枝偃蹇花婀娜一見真謂值旁
妾旁老人從嘲嬴同朝衆史共排媢亦欲學之無
何錦囊深貯幾春風借問此木何時畀

燕侍郎山水

徒侍郎足瀟湘浦獨上九疑尋二女蒼梧之野煙漠
漠鑾壠連𢊁散平山楚暮年傷心波浪阻不意畫中能
更都城公侍書燕王府王求一筆終不與奏論讖死
誤當全活至今何可數仁人義士埋黃土秪有粉
二歸去□表楮

陶縝菜

江南種菜漫阡陌，紫芥緑菘何所直。陶生畫此共言好，一幅往往黄金百。此山老圃不外慕，但守荒畦斸荊棘。陶生養目渠養腹，各以所能爲物役。

己未耿天騭著作自烏江來予逆沈氏妹于白鷺洲遇雪作此詩寄天騭辛酉冬天騭復來誦之遂書于壁請天騭書所酬于右

湖風積夜雪，明發洲渚淨。開門望鍾山，松石皓相映。故人過我宿，未盡躋攀興。而我方渺然，長波一歸艇。欸段庶可策，柴荊當未瞑。與子出東岡，墻西掃新徑。

招約之職方并示正甫書記

往時江總宅，近在青溪曲。井滅非故桐，臺傾尚餘竹。

池塘三四月菱芰芙蕖馥蒲柳亦競時宜賞一川緑方坻最所愛意謂可穿築欲往無舟梁長年寄心目故人晚得此心事付草木消摇欄宇新攬結蹊隧熟更能適我願中水開茆屋鬼營誅荒梗入境掃喧黷濠魚淨留連海鳥暖追逐豈無方外客於此停高躅憶初桑落時要我豈非夙蟄眠忽欲老一介未言速當緣東門水尚澀南浦舳吾廬雖隱翳賞眺還自足横陂受後澗直塹輸前瀆跳鱗出重錦舞羽墮輕玉碧筩遞舒卷紫角聯出縮千枝孫嶧陽萬本母淇奥滿門陶令株彌岸韓侯蔌尚復有野物與公新聽矚金鈿擁蕪菁翠被敷苜蓿蝦蟆能作技科斗似可讀擩軒俯北渚花氣時度谷耘耡聊效顰締耕行可續

虎乘嘗不倦一畫敢辭、、雖無北海酒乃有平津肉
翛翛仙李枝城市久煩促寄聲與俱來蔭我臺上穀

同王濬賢良賦龜得升字

世傳一尾龜百齡此龜逮見隋唐與雖然天幸免焦
灼想屢縮頸愁嚴凝前年赴海不量力欲替鼇負三
峻嶒番禺官君邅迤見知困簸蕩因嗟矜奚呼余且
綦網敢以組系首穠穿纓北歸與俱度大庾兩夫贔
屓苦不勝艤舩秦淮搶送我去此一可當十朋昔人
寶龜謂神物奉事槁骨尤競兢殘民滅國遞爭奪者
此乃敢司黎蒸於時靚甲別貴賤太卜藏法傳昆仍
豈如元君須見夢初知歡喜得未曾自從九江罷納
錫家漁賤棄秋不及上下人官廢亦已久罘獵誰復知

孫稱今君此實無益（一作謔）我亦坐視心瞢瞢楮貼纔堪比尾礫當異孰肯捐斗升樊頸腥臊何足嗜戛尾污穢適可憎盧濩除聾豈必驗蹈胥出險安敢憑刳腸以占幸無事卷殼而食病未能如閩翕息可視效乃岩有壁崖千層仰（窅窕）朝陽脩引氣亦得華老如岡陵誰能學此真壽類（出山）論妄以蟲疑冰嗟余老矣嗚呼吸起曼光景華瞻承但知故人所玩惜每戒異物相侵陵唯憂盜賊令好卜夜半剖請無厭饕復恐（喔咒）夫負之走并竊老木爲薪烝漫樊荒圃不可保守視且寄鍾山僧

示元度（一作營居半山園作）

今年鍾山南隨分作園囿鑿池構吾廬碧水寒可漱

溝西雇丁壯　擔土爲培壅　扶疎三百株　蒔練最高茂
不求鵷鸞實　但取易成就　中空一丈地　斬木令結構
五楸東都來　斵以遺簷溜　老來厭世語　深卧塞門竇
贖魚與之游　餧鳥見如舊　獨當邀之子　商略終宇宙
更待春日長　黃鸝弄清晝

仲明父至宿明日遂行

初登張公門　公子始冠幘　於今見公子　與我皆鬢白
山林坐語笑　宛我在公側　豈惟貌如之　侃侃有公德
憶公營潁鄉　許我歸作客　我歸公既逝　惆悵難再得
得子如得公　交懷我忻戚　漂摇將安往　税駕止一昔
寄言且勿寐　燕以永今夕　何時復能還　裹飯冶城宅

杏花

石覆虛空曠茅屋臨清烱廣庭硯嬌鏡杳未覺身勝影嫣如景賜延含笑隨宮井帽悵有微波襲柱壤鼙聲

奉酬約之見招

君家段干木為義畏人侵焉軾信厚禮踰垣終編心川生寧有此園屋諒非今雨過梅柳浮潮來蒲稗深種芳彌近渚伐翳取遺光清節亦難尚曠懷差易尋予欲携水竹遶少愜山林況復能招我親題漢上襟

寄吳氏女子

伯姬不見我乃今始七齡家書無虛月豈異常歸寧汝夫綴卿官汝見亦稍難見已丞又師學出藍而更青女復知女功婉嫕有典刑自吾捨汝東宁父繼在廷小父數往來言音汝每聆既嫁而曠懷孰如汝所丁

而吾與汝學賜尉坐于小得立園祿一品吏卒給使令膏粱以晚食安步而車耕山泉臯壤間適意多所經汝何恩而憂書每說謝令吾廬所封殖歲久愈華菁豈特茂松竹梧楸亦有六藝文蒔美花實彌漫爭濤瀅請孫肯來游誰謂川無船嵩示汝我詩知書此林坰奉有凝塞山覺汝耳目燃火因之投汝壽考也亦淑靈

贈約之

君胃寒而瘵我齒熱以齲無方可採藥摺值久無瘳欲尋秦越人魂逝莫能招但當觀此身不實如芭蕉

寄楊德逢

山樊老憚暑獨寤無所適湖陰宛在眼曠若千里隔遥聞青秧底復作龜兆坼占歲以知子將勤而後食

穿[illegible]取西港此計當未獲偏隅兩龍骨豈得長掛壁君言又不驗作者何時息炎炎不可觸悵望新春自

再次前韻寄揚德逢

一雨洗炎烝曠然心志適如熱潮浮幢海滅大千入鳴[illegible]觀風木滿仰視雷雲坼知公一開霽後過我言不食飢叢波路長咫尺悼困藏獲明睍吾有懷如日照東壁真逢田父歸倚杖問消息畢[illegible]邪得度南蕩今已白

仲明父不至 張名村民仲明父小字也

月出映濤堠煙升隱墟落寒色占危巢瞑鳥投枝泊亭皋開曉市龍首歸新穫貯之終不來青燈照林壑

與呂望之上東嶺

靖節愛吾廬猗玗樂吾耳適野無世諠吾參亦如此

紛紛舊可厭俗子今掃軌使君氣相求眷顧未云已追隨上東嶺俯仰多可喜何以況清明朝陽麗秋水微雲會消散豈久汙塵滓所懷在分衿藉草淚如洗

與望之至八功德水

念方與子違懔懔夜不眠起視明星高整駕出東阡離為山水遊以寫我心悁知子不餔糟相與酌雲泉

要望之過我廬

念子且行矣要子過我廬汲我山下泉烹我園中蔬知子有仁心不忍鈎我魚我池在人境不與獱獺居亦復無蟲蛆出沒爭腐餘食罷往遊觀鰷鰷藻與蒲清波映白日擺尾揚其鬚豈魚有此樂而我與子無

擊壤謠　聖時自得以為繇

聞望之解舟

子來我樂只子去悲如何謂咲言且少留大舸已凌波
閶闔叩真關皇明邁羲娥汲將門歸有時京水非汨羅

法雲

諸雲但見脊細路埋桑麻菸輿度畯木窈窕一川花
一川花好泉亦好初晴漲綠深於草汲泉養之花不
老花底幽人自衰槁

彎碕

殘暑安所逃彎碕北窻北伐翳作清曠培芳衛岑寂
投衣挂青枝敷簟取一息涼風過碧水俯見遊魚食
永懷少陵詩萋萋淨[illegible]誰當共蒯苜蓑角芳可摘

月夜二首

山泉隨消陂畋月臨靜路惜哉此　境獨賞無與晤
口吹陂陰要予水西去呼僮擁草甃復使東南注

二

躅月看流水水明搖蕩月草木已華滋山川復清發
褰裳共攬處綠淨數毛髮誰能挽姮娥俯濯凌波襪

兩山間

自予營北渚數至兩山間臨路愛山好出山愁路難
此花如水淨山鳥與雲閑我欲拋山去山仍勸我還
祇應身後塚亦是眼中山且復依山住歸鞍未可攀

臨川先生文集卷第一

臨川先生文集卷第二

古詩

題南康晁史君望雲亭

南康父老傳史君疾呼急索初不聞春嘗遣汲谷簾水三歲只望香爐雲雲徐無心澹無滓史君恬靜亦如此颯然一去掃遺陰便覺歔欷煩悵千里歸田負戴子與宴園蔬園果西山西出門亭皋百頃綠望雲纔喜雨一犁我知新亭望雲好欲斸比鄰成二老莫嫌雞黍數從來爲無襄陽德公嫂

濟亭

朝尋東郭來西路歷濟亭泉山若怨恩慘澹長眉青道水泣幽咽復如語丁寧豈予久忘之而教我小停歌鼓松柏間坐起俯軒楹秋日幸未暮奈何雨冥冥

光宅寺

倘然光宅淮之陰扶輿獨來止中林千秋鍾光已變響十畝桑竹空成陰昔人倨堂有妙理高座蹐遠天花深紅葵紫莧復滿眼往事無跡難追尋

春日晚行

門前楊柳二三月枝條綠煙花白雪呼僮羈我果下騮欲尋南岡一散愁緣岡初日滿港浮與我門前綠相映淮淮仍見鳧鳧垂行立悵悵去年時杏花園西光宅路草暖沙晴正好渡興盡無人攜迎我却隨倦鴉歸薄暮

新花

老年少忻豫況復病在牀汲水置新花取慰此流芳流芳祇須臾我亦豈久長新花與故吾已矣兩可忘

四皓二首

四皓秦漢時，招招莫能致。紫芝可以飽，粱肉非所嗜。谷廣水漁漁，山長雲泄泄。與其貴而拘，不若賤而肆。

二

秦毆九州逃，知力起經綸。重利誘衆策，頗知聚秦民。頹然此四老，上友千載䰟。采芝商山[illegible]，一視漢與秦。靈珠在泥沙，光景不可昏。道德雖[illegible]，迴至尊。嫡孽一朝正，留侯果知言。出處但有[illegible]與，豈所存。

真人

予常值真人，能藏毒而寧，能納穢若淨，能易羶使馨，能解身赫赫，能逆知冥冥。日唯汝心攖，而汝耳目熒。

廓然而無營其孰擾汝靈神奇實主汝厥通莫之令
嘻予豈不知黄辛覺焦螟死心而髮形乃可少聞霆
顧今親遘之於吾■剽聆劓心事斯語白■書銘

寄蔡氏女子二首

建業東郭望城西堠千嶂承宇百泉遶霤青遥遥兮
纚屬緑宛宛兮横逗積李兮縞夜崇桃兮炫晝蘭馥
兮衆植竹娟娟兮常茂柳蔦綿兮含姿松偃蹇兮獻秀
鳥跂兮下上魚跳兮左右顧我兮適我有斑兮伏獸
感時物兮念汝遲汝歸兮携幼
我營兮北渚有懷兮歸女石梁兮以苫蓋緑陰陰兮
承宇仰有桂兮俯有蘭嗟汝歸兮路豈難望超然之
白雲臨清流而長嘆

夢言五言古詩

夢傳失之〻妄悲一作書冀見而想豈伊不可懷而使我
心往山林老顛詢數日占書襄舟與來何遲北望憂
懷悅西峩薺花時落鶗隨雨髮歲晚洲渚浮水消煙
歌舞膚壽嶠上字鄭我無乃迂

遊土山示蔡天啓

定林轂土山道乃在眉睫誰謂秦淮廣正可藏一艓
勇予欲獨往扶憊強登涉蔡侯聞之喜喜色見兩頰
呼鞍追我爲亦以兩騾挾斂書付衣囊暑飯饋藥笈
倘佯阿蘭若土木老山脅鼓鐘叫空曠冀簴靡捷業
升堂廓無主老蘖誰敢躡坡陀謝公家藏樽久穿劫
百金買酒地野老今行饁綴懷起東山勝跡比調疊

於時國累卯楚夏血嘗喋外實備艱樓中仍嘗謂變
公能覺如夢自喻一蝴蝶御諱犯名溫適自樂符堂方天
感且可緩九錫寧當快一捷彼哉斗筲人得喪易矜
芸妄言屐齒折吾欲刊史牒傷心新城埭歸意綠難
帳漂搖五城舟尚想浮河鐵千秋龍東月長照西州
樂豈無華屋處亦捉蕭芟六箋碎金諫可惜零落隨秋
蓁好事所傳玩空殘法書帖清談聆不嗣陳迹悅如
接阜陽故侯孫少小同鼓篋一官初嶺海仰視飛鳶
跕窮歸放歡段高蔚停遂跡牽襟肘即見著帽耳纔
屢數祿意敗屋爲我炊陳浥雖無膏污鼎尚有羹露
笑歡言及平生掊視闢窔合齒郎鄲執上事且飲且曰
獵蟣昏眠委霽或妄走起一蹶或叫號而嚎或哭泣而

魔辛哉同聖時田里老大安怡易牛以寶劒擊壤塲彈鋏追憐袁晉末止土方出及業識倫須臾樂撫事終愁慄予雖天戮民有械無使猾翁今貧而靜內熱非復藥予衰極今歲儻與雞夢協委蛇亦何恨吾見已長擾翁翁雖齒長我未見白可鑷祝翁尚難老基理歸善囁久留畏年少譏我兩呫囁東火扶路還會明歲免囁蔡侯雄俊士心憭形亦諜異時能飛騫快若王褒侯胡爲阡陌間蹺足僮相囁諒欲交響語怯子不能噲

再用前韻寄蔡天啓

蔡侯京方來取友無所挾傭傭一囊衣偶以一書篋定林朝自炊有七或無饔時時羹藜藿鑊大苦難爨騙頎遂敢傲有甚觀駢脅澹然山谷中變色未嘗輒

雖見類數覰寶瑣細訓接從容與之語爛漫無不涉
奇經可治疾秘祝可解魘巫醫之所知瞽史之所業
數章必百兩獨以方寸攝微言歸易悟若髮赴鑷
天機信卓越學等何足躐縱談及既往每與唐許協
揚雄尚漢儒韓愈真秦俠好大人謂狂知微乃如諜
性知造文字人或晃愁懾奈愚既改皇新民仍易疊
六書遂失指隸草務敏捷誰珍檀山刻共賞蘭亭帖
秉京一祭酒收拾偶予愜少嘗妄思索老懶因退怯
侯方胥纂籀寸管籥嘗歷于源原道德意助我耕且獵
昔功恐害指畀其味今得臨京口媚學子追師嘗劫劫
陸嬴淮汴糧以供湖海[illegible]遂求而近遺與目不見睫
為鳳易悅楚[illegible]具龍以騎[illegible]來聞予冊三數往心不厭

或自逸而去或咕而不嚌或嗤元郎漫或詆白翁聵鑠金徒欲消韞玉豈愁浼賢愚有定分吡波無喋喋跨鞍隨我遊曳屣聯我跕照泉挹清泚跂石緣嵬業東陂數儵魚西崦追蛺蝶驚羽林鏡搏柔藉亶聽批頰黃柔寺遠邅鬚頒紅閨鄰杳靄芊蕪光景流揚園忽無葉扶病歸未久吾見喜寧怗寒衣裳告我去祿仕嘗適躐肅晨袪款段歸騎得追躡請言循東路覆出西城堞行矣忍羈旅無魚勿彈鋏天閑久索驥駿足方騰蹀長驅勿驕矜小踠亦勿慄鴟飛九萬里勿借風一箑溟波浩難窮勉自養鱗鬣爵祿實天械功名為接署壻能復與我搖漾秦淮檝附書勿辭頻隔歲期爾俠

用前韻戲贈葉致遠直講

柔侯越著姓胄出實發業縉雲雖窮遠冠蓋傳累葉
心大有所潛着高未嘗脅飄飄凌雲意強禦莫能懾
辟雍海環流用汝作舟識開胷出妙義可發矇起聾
詞如太阿鋒誰敢觸其鋏聽之心凛然難著口因嗜
摶飛欲峩峩鎩墮今跕跕忘情塞上馬適志夢中蝶
老金靜無求在冶惟所擽載醫但彼惑鑽爍非我謀
經綸安所施有萬聊自愜慕經着在手慕訣傳滿篋
坐尋慕勢打側寫慕圖貼攜持山林褁刺擿薄港蝶
一枰嘗自副當熱寧忘箑反嗤襛纖子但守一經笈
主羊等殘生朽簇何足揖歡然值手敵便與對匕笑
縱橫子墮局腸膊聲出蝶蝶父弛遠擔枚奴傳晏鑑
旁觀各技癢竊議見黃嘖所務在得喪聞此更心慄

熟視籠兩手緜思撚長髭鬚微吟靜情情兀坐高帖帖
未快巖谷叟斧斤柯嘗爛浥趨邊恥窮縮才服愁危業
或撞關以攻或戲眼而羈或贏行伺擊或猛出追躡
垂成忽破壞中斷俄連接或外示閒暇伐事先和意
或冒突超越鼓行令震疊或粗見形勢驅除令遠蹤
或開拓疆境欲并包總攝或僅殘尺寸如黑子著靨
或横潰解散如尸僵血喋或憊如告亡或喜如獻捷
陷敵未甘虜報仇方借俠諱輸寧斷頭懊恨乃批頰
累罰已罷精既夜未交聽覩然悟且歎此何宜劫劫
蓋斬惡妨行陶侃戀廢業棋以雄有前言韋曜存往牒
晉臣擲帝手拔侯何曾涉冶城子爭道拒父乃如轉
學也實違德豈如私鬬恃藝咸況窮苦此殆天所壓

如今劉與李倫等安可蹴試令取一毫亦乏寸金鑷以此待君子奉與回參協操具投諸江道藉而德獵

白鶴吟示覺海元公

白鶴聲可憐紅鶴聲可惡白鶴靜無匹紅鶴喧無數白鶴招不來紅鶴揮不去長松受穢死乃以紅鶴故北山道人曰美者自美吾何飾焉而喜惡者自惡吾何爲而怒去自去耳吾何闗而追來自來耳吾何妨而拒吾豈厭喧而求靜吾豈好丹而非素汝謂松死吾無依邪吾方捨陰而坐露

示安大師

道人深北山爲家愛坐白露眠蒼霞手扶桄杖雖老矣走險尚可追之麗巖選堂簡陋視一門所有窮宛掺木垂

模楂溧尋石路傍有泉持以饋我因尋以茶

示寶嚴見

宿雨轉歊煩朝雲擁清迴藹藹與柳轉脉脉紅蕖韻默卧如有懷荒蕪不豈無興幽人適過我共取牆陰經

定林示道原

昨登定林山俯視東南陵但見一方白莫知所從來濕銀注寒晶盆以青培塿迢迢曉靄中疑有白玉臺是夕清風興煩雲翳然開常娥攀桂枝顧景久徘徊秋豪忽高秋陳迹與子陪壯觀非復昔平蕪夜尋苔

我所思寄黃吉甫

我所思兮在彭蠡一奩寒晶徑千里天低浩渺風靜止月濤星渟光可喜亦復可憐波浪起琉璃崩碎湧

巔金字萬斛之舟簸一葦超邑越都如歷指掌涉雪積
山雲委雲平飛泉挂龍尾跳空散作平地木牛乳芳
甘那得此蘿蔦爲冥宜蔭演迤公門上尋源出奇詭像圖
彈迦祠老子臺殿瞻霝鴿相重累石槽環除逗清泚老
於覲孫無虎虒其徒翛然棄世塵滓雖未應眞終適已
黃侯可與談妙理視棄榮官猶敝屣無揆葉之來石
髓我欲從之勸游徒穀城公於此能若此五老聞之當
君齒寄聲五老吾念爾相見無時老將死

寄宗昌叔

西宴春風花繁樹花邊飲酒今何處一盃盞上看黃
雲萬里寄聲無鴈去此章紛紛說更斷老翁空得滿
老塵青山欲買江南宅歸去相招有此身

與僧道昇二首

昇也初見我膚腴仍潔白今何苦而老手脚皴以黑聞有道人者於今號禪伯嚮汝以一句西歸瘦如腊汝觀青青柏歲寒好顔色此柏亦有心豈問庭前柏

二

跋陀羅師能幻物幻穢爲淨持幻佛佛幻諸天以戲之幢幡香果助設施茫然悔欲除所幻還爲幻佛力所持佛天與汝本無間汝今何恭昔何慢十方三世本來空受記豈非遭佛幻

贈彭醫資

鄱水滔天音東注氣澤所鍾賢可慕文章浩瀚足波瀾行義迢迢有歸處中江秋浸兩崖間瀰洄與我相

往還我抱其清久未竭復得縱觀於波瀾放言浮入妙雲海示我優聖本所寰楞伽我亦見髣髴歲晚所悲行路難

贈王居士

武林王居士與子俱學佛以財供佛事不自貴一物

贈李士雲

李子山水人而常寫鐵郭宣宅端出窮究心手初不著我聞大梵天帶子跨鸞孔雀翁[illegible]鈴揚亦幡浩劫淨無作佳哉子能圖可以慰寂寞相與驗其眞他年在寥廓

臨川先生文集卷第二

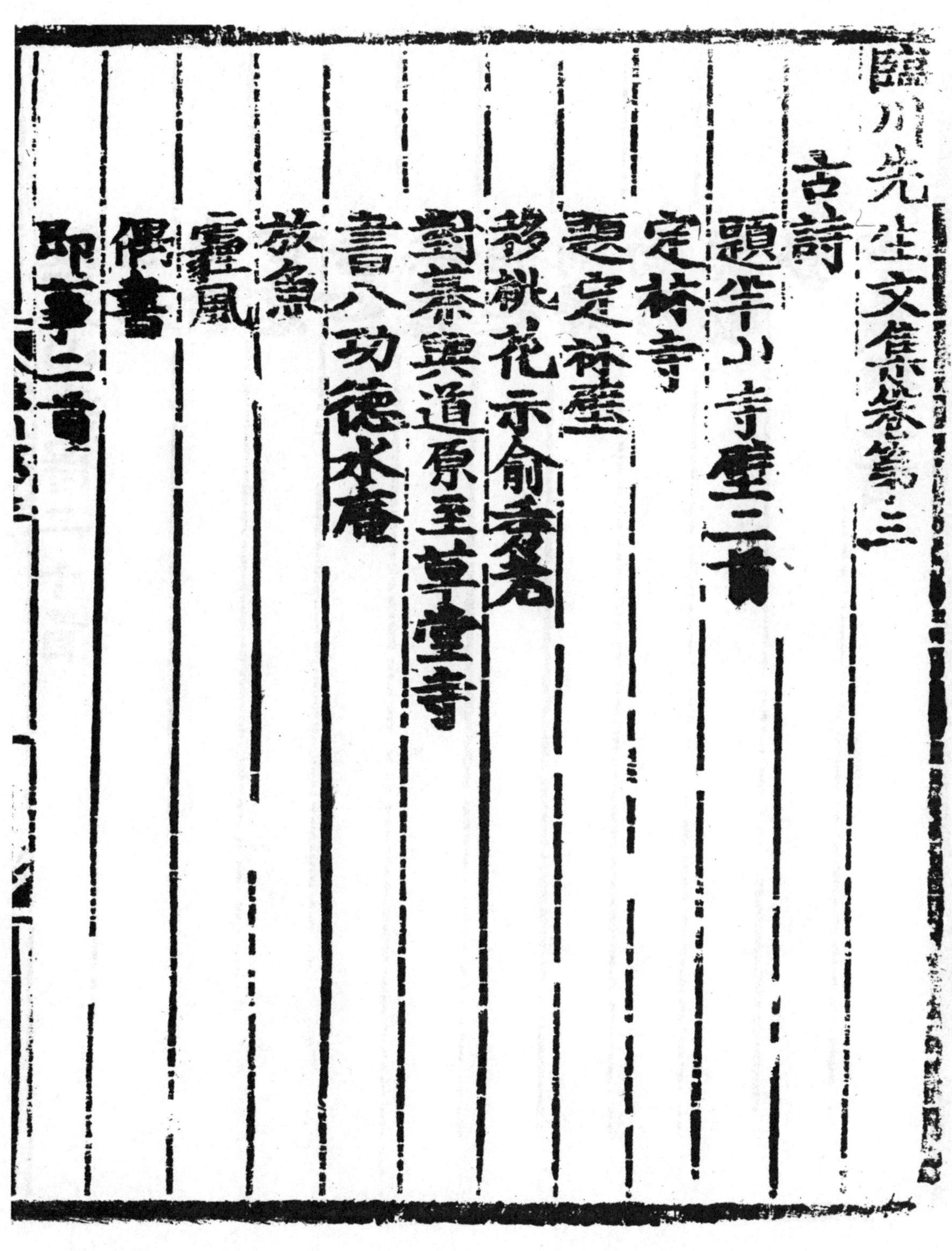

臨川先生文集卷第三

古詩

題半山寺壁二首

定林寺

題定林壁

移桃花示俞秀老

劉慕與道原至草堂寺

書八功德水庵

放魚

霾風

偶書

即事二首

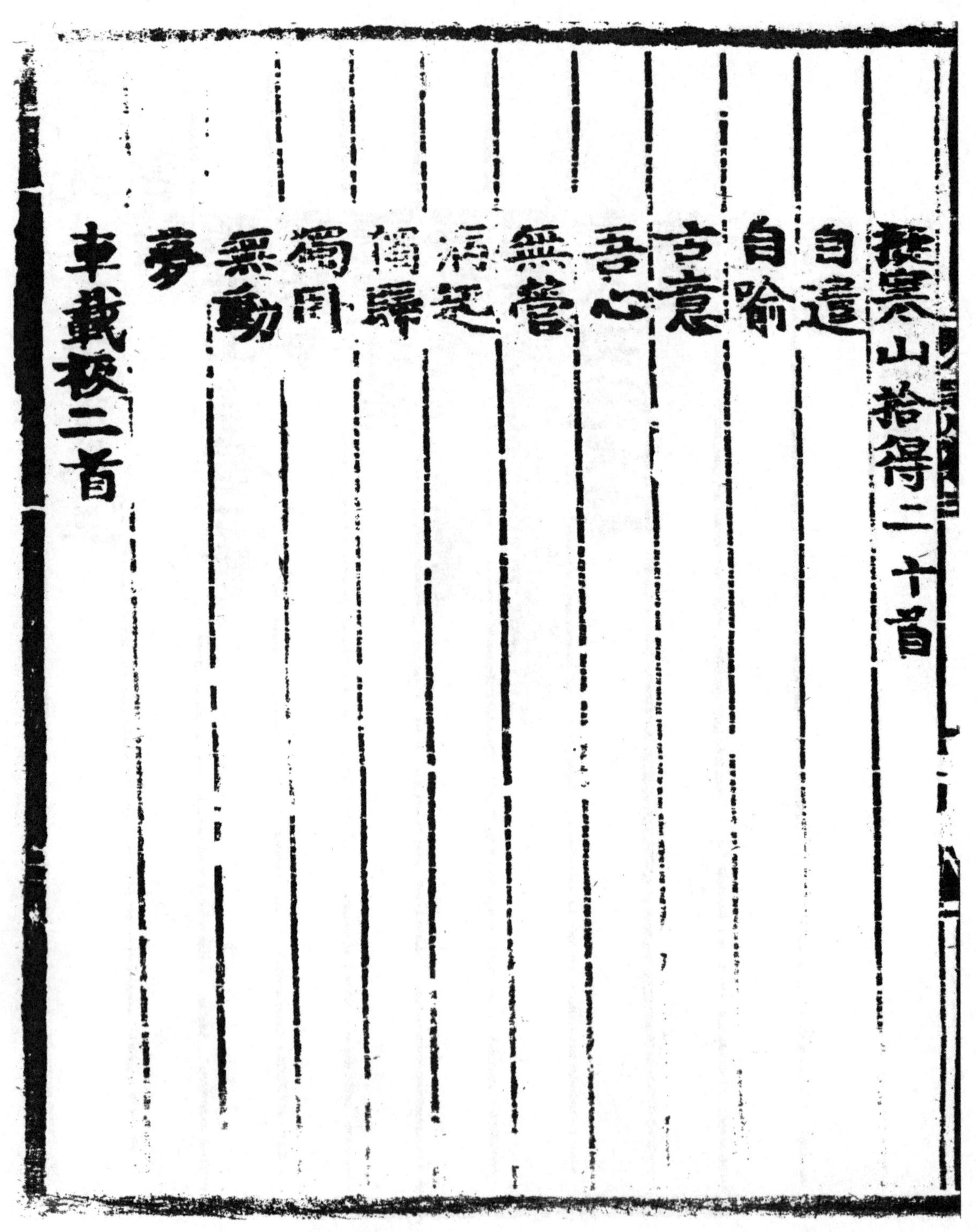

擬寒山拾得二十首

自遣

自喻

古意

吾心

無營

病起

偶歸

獨卧

氣動

夢

車載板二首

跋黃魯直書

過錫德逢莊

秋熱

秋旱

題平山寺壁二首

我行天即雨，我止雨還住。雨豈爲我行，邂逅與相遇。

二

寒時暖處坐，熱時涼處行。衆生不異佛，佛即是衆生。

定林寺

客來夏木交霞覆孤泉靜積分楚老一枝筇於此歲人羞

城市中美蔬想今困悏焚且憑東北風請寄嶺頭雲

題定林寺壁

定林自有主我爲林下客客主各有心還能共岑寂

移桃花示俞秀老

舍南舍北皆種桃東風一吹數尺高枝柯蔫綿花爛熳美錦千兩敷亭皋晴溝漲春綠周遭俯視紅影移魚舠山前邂逅武陵客水際髣髴秦人逃攀條弄芳畏晼晚已見黍雪盤中毛仙人愛杏令虎守百年終屬樵蘇手我衰此果復易朽蟲來食根那得久瑶池紺絕誰見有更值花時且追酒君能酩酊相隨去

對棊與道源至草堂寺

北風吹人不可出清坐且可與君棊明朝投局日未晚從此亦復不吟詩

書八功德水庵

幽獨若可厭真實爲可喜見山不礙目聞水不逆耳翛然無所爲自得而已矣

放魚

捉魚淺水中投置最深處當暑脱煎熬翛然泳而去豈無良庖者可使供匕箸物我皆畏苦捨之寧啖茹

霾風

霾風摧萬物暴雨膏九州弃花何其多天闕亦已稠白日不照見乾坤莽悲愁時也獨柰何我歌無有求

偶書

惠施說萬物槃特忘一句寄語讀書人呶呶非勝處

即事二首

雲從鍾山起却入鍾山去借問山中人雲今在何處

二

雲從無心來還向無心去無心無處尋莫覓無心處

擬寒山拾得二十首

牛若不穿鼻豈肯推人磨馬若不絡頭隨宜而起臥
地終不涴平地終不墮擾擾受輪迴秖緣疑這箇

二

我曾爲牛馬見草豆歡喜又曾爲女人歡喜見男子
我若眞是我秖合長如此若好惡不定應知爲物使
堂堂大丈夫莫認物爲已

三

凡夫當夢時眼見種種色此非作故有亦非求故

不知今是夢道我能留續貪求復守護嘗怕水火賊
既覺方自悟本空無所得免生如覺夢此理甚明白

四

風吹尾墮屋正朽破不找頭尾亦自破碎豈但我血流
髮累不嗔渠此尾一不亡自由衆生造衆惡亦有一機諦
渠不知此機故自認愆忘此但可哀憐勸令真正修
豈可自迷悶與渠作冤諍

五

世言夢是空覺後應無記若言是夢非空應有其實事
為燒傷自若沉溺陰自蒙令沒嘗驚魘覺豈知安隱睡

六

人人有這箇這箇沒量大坐也坐不定走也跳不過

鋸也解不斷鎚也打不歡苦爲使搭鞍作牛便推磨
若問無眼人這箇是甚麼便遭伊纏繞鬼窟裏覓餓

七

我讀萬卷書識盡天下理智者渠自知愚者誰信爾
豈識閑道人跳出三句裏獨悟自根本不從他處起

八

幸身無事時種種是思量莫言三藐口空拳四蝎詹長
失脚落地獄將身入鑊湯誰知受熱惱卻不解思涼

九

有一即有二有三即有四一二三四五有亦何妨事
如火能燒手要須方便智若未解傳薪何須學鑽燧

十

昨日見張三蹀也不寸已歸來自悔責分别亦非理
今日見張三分别心復起若除此惡習佛法無多子

十一

傀儡袂一機種種沒根栽被我入棚中昨日覩看來
方知棚外人擾擾一場戲終日受伊謾更被索錢財

十二

事世丑湯蕩所見實奇哉閻遥来前世事吾言家來
炭底能燃火火過却成灰灰心成即是土隨意立根栽

十三

衆生若看我我何能度脫衆生若無我已死應不活
衆生不了此便聽佛與奪我無我不二四天王獻鉢

十四

莫嫌張三惡莫愛李四好既往念即曉未來恩又早見之亦何有欻然如電掃惡既是磨滅好亦難長保若令好與惡可積如財寶自始而至今有幾許煩惱

十五

夬志難作福得易造罪苦即念快樂樂即生貪愛無苦亦無樂無明亦無昧不屬三界中亦非三界外

十六

打賊賊恐怖看客客喜歡亦有客是賊切莫受伊謾樂哉貧兒家無事役心肝既無賊可打豈有客須看

十七

有一種貧兒不能自營生若不作客走即須隨賊行復有一種貧常時腹彭亨若有亦不蓄若無亦不營

十八

汝無名高者以見利貪叨汝無行實者以取著名高行實尚非實利名豈堅牢一朝投土窟魂魄散逃逃

十九

勇有孟施舍能無懼而已若人學佛法勇亦當如此休來講下坐莫入禪門裏但能一切捨管取佛歡喜

二十

利瞋汝刀山溺愛汝灰河汝癡分別心即汝漕魔羅圓成但一性一切法依他徧了一切法不如豆頭陀

自遣

閉户欲推愁愁終不肯去底事春風來留愁愁不住

自諭

岸凉竹娟娟水淨荇帖帖鰕嬉浮遊鬚爲鼓嬉戲影亂
釋杖聊一愒褰裳如可涉自喻適志歟翩翩夢中蝶

古意

突兀天門山寒露淨毛骨帝青九萬里空洞無一物
傾河路西南聶射河鼓沒蓬萊眼中見人世歎超忽
當時棗桃核閑已撐月窟且當呼阿環乘興遊溟渤

吾心

吾心童稚時不見一物好意言有妙理獨恨知不早
初聞守善死頗復吝肝腦中稍歷艱危悟身非所保
猶然謂俗學有指當窮討晚知童稚心自足可忘老

無營

無營固無尤多與亦多憂無物隨擾擾焦道與悠悠會

墨翟真自苦莊周吾所愛萬物莫足歸此言猶有在

病起

雜金數新涼老火弛殘溷挑拔擾渙溼散髮晞曉捉
煩病脫然愈靜若遺身覺移禰歆獨眠欣佳恐難數

獨歸

鍾山獨歸雨微冥稻畦夾岡半黃青疲農心知水未
足看雲倚木車不停悲哉作勞亦已久暮歌如哭難
為聽而我官閑幸無事北窗枕簟風泠泠於時荷花
擁翠盡細浪騷雪千娉婷誰能歡眠共此樂秋港雖
淺可揭於

獨卧有懷

午鳩鳴春陰獨卧林壑靜微雲過一雨淅瀝生晚聽

紅綠紛紛在眼流芳與時競有懷無與言佇立鍾山暝

無動

無動行善行無明流有流種種生住滅念念聞思修終不與法縛亦不着僧裘

夢

知世如夢無所求無所求心普空寂還似夢中隨夢境成就河沙夢功德

車載板二首

荒哉我中園珍果所不產罰暮惟有鳥自呼車載板楚人聞此聲莫有笑而莞而我更歌呼與之相往返視遇若摶黍好音而睍睆壤壤生死夢久知無可揀物弊則歸土吾歸其不晚歸歟汝隨我可超蓋里境

烏有臯戴斑朝暮嘗一至世傳鷴似鷄而此與鷄似
唯能預人死以此有名字疑即貴長沙當時所遭值
洛陽多少年擾擾經世意粗闊方外語便釋形骸累
吾妻父稍書放浪無復意爭尚自不見此妄云汝爲異
嗟汝好毛羽言音亦清麗胡爲太多知不黙而見忌
楚人既憎汝彈射將汝剥且長隨我遊吾不汝羹哉

跋黃魯直畫

江南黃鸝飛滿野徐熙畫此何爲者百年幅紙無所
直公每玩之常在把

過楊德逢莊

攜僧出西路日晏睎所投循河望積穀一飽覺易謀

稚子舉樓出咄嗟見盤羞飯新秫有香煑葉旨且柔
暮從丞名嵩歸林蹇得少留捧腹笑相語果然無所求

秋熱

火騰爲虐不可摧屋窄無所逃吾骸織蘆編竹繼檐
宇架以松櫟之條枚豈惟賓至得清坐因有餘地蘇
陪臺驕陽陵秋更暴横燄我欲作昆明灰金流玉熠
何足怪鳥焚魚爛爲可哀憶我少時亦值此翛然但
以書自埋老衰奄奄氣易奪撫卷豈復能低佪西風
忽送中夜濕六合一氣寒新開簾窻幕戶便防冷且
恐霰雪相尋來

秋旱

暮尋蔡墩西獨覺秋尚早山路巃卉繁野曰風日好

臨川先生文集卷第四

古詩

同沈道源遊八功德水

望鍾山

思北山

上南岡

謝公墩

秋夜泛舟

和耿天騭同遊定林

次韻約之謝惠詩

次韻舍弟江上

酬王濬賢良松泉二詩

桃源行

食黍行

歎息行

送春

兼并

同沈道源遊八功德水

寒雲靜如癡寒日慘如戚解　寒山中共

新甘出短綆一酌煩可滌御　青青枝水

望鍾山

佇立望鍾山陽春更蕭瑟暮　北郭歸故遶東

思北山

日日思北山而今北山去寄語　白蓮庵迎我青松

上南崗

暮塢屋荒涼寒陂水清淺捎書息微倦委轡隨小蹇
偶攀黃柳却望青青巘幽尋復有興未覺西林遠

謝公墩

走馬白下門投鞭謝公墩昔人不可見故物尚或存
問樵樵不知問牧牧不言摩挲蒼苔石點檢長齒痕
想此維長檣想此倚短轅想此玩雲月狼籍盤與罇
并遷亦已没漫然禾黍村推藏羊曇骨放浪李白魂
亦已同山丘緬懷薛蘭孫小草戲陳迹吾業詠遺恩
萬事付兒籙取榮何足論天機自開闔人理孰畔援
公色無懼喜儻知禍福根迸泗淚對[illegible]伊暮年無乃昏

秋夜泛舟

迣塹秋水淨扁舟涼飆颯颯的皪荷上、珠俯映踈星搖
深尋畏魚淰中道只回棹冥冥菰蒲中乃復有驚跳

和耿天騭同遊定休

道人深閑門二客來不速攝衣負朝暄一笑皆捧腹
逍遥煙中策放浪塵外躅昭言或世聞誰謂非絕俗

次韻約之謝惠詩

魚跳桑栁陰鳥落蒲蕭側已無谿、如祠何有江令宅
故人眈田里老脫尚方舄閑亭捐百金於此掃塵迹
地偏人罕至心遠境常寂浅行西州旋稅駕候顏色
相隨望南山水際因一息公時指岸木謂此可尋尺
伐之營中沚持用自怡懌懽言俟其成邀我堂上食
百憂每多違一諾還自惕春風欄檻新坐久膝前席

倏然忘故約比郭疑有適長謡舒永懷佇想對以聽
摘辭甚有理竊比書石鷁知公不欺我把玩累心惻
嘉肴既夙設罍蘗仍盧擲左車公自迎右劵吾敢責
聞説芼羹臛芬香出鄰壁婦休機杼事兒失刀槧職
何膠膠擾擾而紛紛籍籍攜持欲一往繼此方如織
元龍但高眠司馬勿親滌幾能孩童舊握手皆鬢白
有興即聯鑣東阡與南陌

次韻舍弟江上

岸紅歸欲稠渚緑合猶晩晴沙上屐輕暖水隨杭遠
吹波戲魚動掠葉飛禽返著意覓幽蹊桃花悞劉阮

酧王濬賢良松泉二詩

松

世傳壽可三松倒此語難爲常人道人能百歲自古稀松得千年未爲老我移兩松苦不早豈望見渠身合抱但憐衆木總漂揺顔色青青終自保兔絲茯苓會當有邂逅食之能壽考不知篝火定何人且看森垂覆荒草君詩愛我亦古意秀眉昔比南山椿復謂留俟不及我人或笑君無白皁求僊辟穀彼誠悮未見赤松饑已槁豈如强飯適志遊封殖蒼官蔭華皓赤松復自無特操上下随煙何慅慅蒼官受命與舜同眞可從之忘髮縞詩雖祝我以再黑積雪已多安可掃試問蒼官值歲寒戴白孰與蒼然好

泉

宋興古刹今長干靈曜臺殿荒檀欒二泉相望棄不

渫西泉尚案三石槃其流散漫爲沮汝稍集小碟生
徵瀾東泉土梗久蔽塞穿治乃見甃甓完道人慈京
波及遠溝蕩兩取合主山山前灘齡叫各自足轆轤羅
轉并口閘取遙比甘覺近美與舊爭冽知新寒蟲蟲
夏秋百源乾抱甕復道愁躊躅疾頃橫逗勢未足之嗟
此善利何時殫慮長易脆有大檀公代堅羌盧窟孱顛
金多匠手肯出巧風水千里安知難没羽之虎行林
閒鑮龍失職因藏跧循除靜投悲瑟瑟映乳微見清
潺潺三年營之一日就有口共以成爲懽論功信可
多後觀何似當時萬竹蠵

荅俞秀老

諸偶緣安有實相非相偶雞神如季王代終亦失而走

清涼寺送王彦魯

空懷誰與論夢境偶相值莫將漱流齒欲嚼功名事

送惠思上人

黃鵠渺四海翩然落中州一聽笙與鏞低回如有求飛鳴閶闔上好與鳳凰遊顧憐魯東門槃事反悲愁歲晏忽驚鶱翮朝不少留因知網羅外猶有稻粱謀

老景 二首

老景春可惜無花可留得繞屋楮先生蕭蕭何所直每嫌揶渾青追張李太白多謝安石榴向人紅葉拆

雜詠八首

萬物余一體九州余一家秋毫不為小徼外不為遐不識壽與夭不知貧與賤忘心乃得道道不去翁棄

近迹以觀之堯舜亦泥沙莊周謂如此而世以爲夸

二

神龍豢可致猛虎擾亦馴變生父子間上聖不能謀常情在欲得義養或成仇他人恩愛輕患禍信難周

三

古風致遂停班白是尊優薄俗謬爲恭獨在勢權尤俟彼逞俯仰愛禮坐成允斷斷洙泗間豈是老者羞

四

焉隙害虎豹鳩雀窮鷹鸇巧皆具機弋鷙猛還拘攣論功莫如神論大莫如天悲哉區區人乃欲逃其間

五

黃雀死彈丸厥罪在啄粟黃鵠不近人何爲亦窮辱

爲世所利高下同僵仆能逃天地間蟣蠓無不足

六

關雎后之淑棫樸王之明兎罝尚好德況乃公與卿所以彼行葦敦然遂其生誰能絃且歌爲我發古聲

七

召公方伯尊材亦聖人亞農時憚煩民聽訟甘棠下嗟今千室長已耻問耕稼彈琴高堂上欲以世爲化

八

任公蹲海濱一釣飽千里用力已云多釣緡亦難理巨魚暖更逃壯士饑欲死游儵不可數空滿滄浪水

張良

留侯美好如婦人五世相韓韓入秦傾家爲主合壯

士博浪沙中擊　帝脫身下邳世不知舉國大索何能爲素書一卷天與之穀城黃石非吾師固陵解鞍聊出口捕取項羽如嬰兒從來四皓招不得爲我商山芝洛陽賈誼才能薄擾擾空令絳灌疑

司馬遷

孔鸞負文章不忍留枳棘嗟子刀鋸間悠然止而食成書與後世憤悱聊自繹領略非一家高辭殆天得雖微樊父悲不失孟子直彼欺以自私豈嘗相十百

諸葛

漢日落西南中　群盜伺昏黑聯翩各飛揚
武侯當此時龍臥　掉頭梁甫吟羞與衆爭光
得所從福　崎嶇巴漢間屢以弱攻

暉若長庚孤出照一方勢欲起六龍東迴出扶桑惜哉淪中路怨者為悲傷竪子相揄策猶能走強梁

讀墨

誰為堯舜徒孔子而已矣人皆是堯舜未必知孔子伯夷不辱身柳下援而止孔子尚有言我則異於是兼愛為無父排斥固其理孔墨必相用自古寧有此退之嘲魯連顧未知之耳如何蔽於斯獨有見於彼凡人工自私翟也信亦偉惜乎不見正遂與中庸退之醇孟軻而駁荀揚氏至其趣舍間亦又蔽於己化而不自知欲詰孰云俚詠言以自警吾詩非好詆

讀秦漢間事

秦皇天下材入作阿房宫豈非一木山谷為齋空

子羽一年火燒山三月紅能令掃地盡豈但焚人功

幽谷引

雲翳翳兮谷之幽天將雨我兮田疇之稠有繩于防兮有春于壽我公不出兮誰省吾憂曰曈曨兮山之下歲則熟兮收者饒吾收滿車兮棄者滿筥誰吾與樂兮我公燕語山有木兮谷有泉公與客兮醉其間芳可搴兮甘可漱無壯無穉兮環公以笑公歸而醉兮人則喜公好我州兮殆其肯止公歸不醉兮我之憂豈其一不懌兮將舍吾州公一朝兮上去我我歲歲兮來遊兮公亭兮使勿毀以慰吾兮歲歲之愁

明妃曲二首

明妃初出漢宮時淚濕春風鬢腳垂低徊顧影無顏

色引得君王不自持歸來却怪丹青手入眼平生幾曾有意態由來畫不成當時枉殺毛延壽一去心知更不歸可憐着盡漢宮衣寄聲欲問塞南事只有年年鴻鴈飛家人萬里傳消息好在氊城莫相憶君不見咫尺長門閉阿嬌人生失意無南北

二

明妃初嫁與胡兒氊車百兩皆胡姬含情欲說獨無處傳與琵琶心自知黃金捍撥春風手彈看飛鴻勸胡酒漢宮侍女暗垂淚沙上行人却回首漢恩自淺胡自深人生樂在相知心可憐青冢已蕪沒尚有哀絃留至今

桃源行

望夷宮中鹿為馬秦人半死長城下避時不獨商山
翁亦有桃源種桃者此來種桃經幾春採花食實枝
為薪兒孫生長與世隔雖有父子無君臣漁郎漾舟
迷遠近花間相見因相問世上那知古有秦山中豈
料今為晉聞道長安吹戰塵春風回首一霑巾重華
一去寧復得天下紛紛經幾秦

食黍行

周公兄弟相殺戮李斯父子夷三族富貴常多患禍
嬰貧賤亦復難為情身隨衣食南與北至親安能常
在側謂言黍熟同一炊欻見隴上黃離離游人中道
忽不返從此食黍還心悲

歎息行

官驅群囚入市門妻子慟哭白日昏市人相與説因事破家劫錢何處村朝廷法令亦寬大汝罪當死誰云寃路傍年少歎息汝正觀元元之子孫

送春

孟夏山下朝買船風吹宿霧山花鮮萬家笑語與青天綺窗羅幕舞嬋娟小鬟折花叩船舷王孫爲酒醻金盞笙簫飛動浮雲巘天外笙簫來窮轤斷橋人府夕陽琵琶樓觀琉璃影中見飛顛未分韓留催獨入坐客舊徘徊豈無廬閭門邊往春盡不見芳菲開日月鑾輿車走夜少年意氣何由競洞庭浪與天地白塵民鳥嬰浮眼燕窮裘嶽歸巢綠見綠樹黃鸝榮華俯仰憂患隨命篤吾與高人期

兼并

三代子百姓公私無異財人主擅操柄如天持斗魁
賦予皆自我兼并乃姦回姦回法有誅勢亦無自來
後世始倒持黔首遂難裁秦王不知此更築懷清臺
禮義日已偷聖經久堙埃法尚有存者欲言時所咍
俗吏不知方掊克乃爲材俗儒不知變兼并可無摧
利孔至百出小人私闔開有司與之爭民愈可憐哉

臨川先生文集卷第四

臨川先生文集卷第五

古詩

和吳御史汴渠

鄭國欲弊秦渠成秦富彊本始意已陋末流功更長
維汴亦如此浚原任潘荒歸作萬世利誰能弛其防

夷門築天都，橫帶國之陽。漕引天下半，豈云獨荆揚。貨入空外府，租輸陳太倉。東南一百年，寡老無殘粻。自宜富京師，乃亦著蓋藏。征求過夙昔，機巧到毫芒。御史閔其然，志欲窮舟航。此言信有激，此水存何傷。救世詎無術，習傳自先王。念非老經綸，豈易識其方。我懶不足數，君材仍自強。他日聽施設，無乃棄篇章。

酬王詹叔奉使江南訪茶利害

余聞古之人，措法貽厥後。命官惟賢材，職事又習相。止能權輕重，王府則多有。豈嘗摧其子，而爲民父母。當時所經營，今十已毀九。其一雖幸在，漂摇亦將朽。公卿患才難，州縣固多苟。詔令雖數下，紛紛誰與守。官居甚傳舍，位以聲勢受。既不責施爲，安能辨賢不

區區欲捄弊萬謗不容口天下大安危誰當執其咎
勞心適有罪養譽終天醜豈惟祖子孫發戒及朋友
貴者大其領詩人歌四牡至尊空獨憂不敢樂飲酒
胥矣富阡陌哀哉此無糗鄉閭人所懷今或棄而走
豈無濟時術使爾安畎畝故今二三公戮力思矯揉
永惟東南害茶法蓋其首私藏與竊販犴獄常紛糾
輸將一不足往往死鞭杻販陳彼雜惡强賣曾非誘
已云困關市且復搔林藪將更百年敝謂民知可否
出節付羣材詢謀欲經久朝廷每若此自可躋仁壽
因知從今始漸欲人財阜吾宗俠奇士選使自朝右
聰明諒多得爲上歸析剖王程雖薄遽邦法難鹵莽
願君傅諗諏無擇壯與耇余知茶山民不必生皆厚

獨當征求任，尚恐難措手。孔稱均無貧，此語今可取。譬欲輕萬鈞，當令衆人負。強言豈宜當，聊用報瓊玖。

酬王伯虎

吾聞人之初，好惡尚無眹。帝與鑿耳目，賢愚遂殊品。爾来百千年，轉化薄愈甚。父翁相販賣，浮詐誰能審。睢盱猴纓冠，狼籍鼠穴寢。滄海恐值到，誰論魚鼈淰。鴟聲雖云惡，革去在食葚。嗟誰職教化，獨使此風稔。恬觀不知救，坐費太官廩。予生少小戇，好古乃天禀。念此俗衰壞，何嘗敢安枕。有時不能平，悲吒失食飲。唯子自我病，亦或涕沾衽。謂子何告語，密以詩来諗。爛然辭滿紙，秋水濯新錦。窮觀何拳拳，靜念復凛凛。賤貧欲救世，無寧猶拾瀋。説窮且板築，尹屈唯烹飪。

逢時豈遽廢避俗聊須噤徂年幸未暮此意可勤恁

輟學以從仕仕非吾本謀欲歸諒不能非敢忘林丘臨餐恥苟得冀以盡心疇萬事等畫墁雖勤亦何收

答虞醇翁

古之人彼職乃無憂慼子撫我厚欲言秪慙羞

送潮州呂使君

韓君揭陽居慼嗟與死隣呂使揭陽去笑談面生春當復進趙子詩書相討論不必移鱷魚詭怪以疑民有若大顛者高材能動人亦勿與爲禮聽之汨彝倫同朝敘朋友異姓接婚姻恩義乃獨厚懷哉余所陳

寄曾子固二首

嚴嚴中天閣藹藹層雲樹爲子望江南蔽虧無行路

平生湖海士心迹非無素老矣不自知低徊如有慕傷懷面風起心與河刺洼哀鳴相隨飛去我終不顧

二

崔嵬天門山江水遶其下寒渠已膠舟欲往豈無馬時恩繆拘綴私養難乞假低佪適爲此含憂何時寫吾能好諒直世或非詭詐安得有一壟相隨問耕者

虎圖

壯哉非羆亦非貙目光夾鏡當坐隅橫行妥尾不畏逐顧眄欲去仍躊躇卒然我見心爲動熟視稍稍摩其鬚固知畫者巧爲此此物安肯來庭除想當槃礴欲畫時睥睨衆史如庸奴神閑意定始一掃功與造化論錙銖悲風颯颯吹黃蘆上有寒雀驚相呼槎牙

死樹鳴老烏向之僥蜀如喃鵠山牆野壁黃昏後為婦遙看亦下車

次韻信都公石硯歡[illegible]

端溪琢就綠玉色靳冰織篆黃金紋翰林所寶此兩物笑視金玉如浮雲都城六月招客語地上赤日流黃塵蠲龍中天進無力客主歎然各疲劇形骸直欲坐棄忘冠帶安能強修飾侍公寬貸更不疑箕倨豈復論官職留材平瑩家故藏硯璞拗滑手新得掃除堂屋就陰翳公不自眠分與客知公用意每如此眞能眞物同其適豈比法曹空自私却顧天日長炎赫公才卓犖人所驚久矣四海流英名天方選取欲扶世豈特使以文章鳴深探力取當不窮思以正論排

縱橫奈何甘心一榻上欲臥穎尾爲潔清賢愚勞佚非一軌顏我病骨惟未死心於萬事久翛然身寄一官真偶爾便當買宅歸偃休白髮溪山如願始看公勠力就太平却上青天跨箕尾

和吳沖卿雪

陽回力猶邅陰合勢方鞏填空忽汗漫造物誰慫慂輕於孽糵紛細若吹毛氄雲連晝已暮風助宵仍洶憑陵雖一時變態亦千種簾深巷或避戶隘闔猶擁滔天有凖浪匝地無荒壠飛揚類挾富委翳等辭寵穿幽偶相重值險輒孤聳積慘會將舒群輕那久重紛華始滿眼消釋今旋踵槁樹散飛花空簷落懸湩還當因炎熱以此滌煩壅共約市南人收藏不爲冗

和沖卿雪詩并示持圖

地卷江海浮天吹河漢湧北風散作花巧麗世無種霾昏得照曜塵滓歸掩擁荒林無空枝幽凡有高朧分纖一毛細聚或千鈞重飛飄窺已眩摧壓聽還兇漁舟平繫舷樵爨沒歸踵空令物象瑩豈免川塗壅亭光姮娥妬失色羲和恐賴逢陽氣烝轉作水波溶舞庭稱賀嚴掃路傳呼寵衡遊謝壯少避臥甘閑宂吳侯絕俗唱韓子當敵勇勝負觀兩家吾衰但陰拱

送石賡歸寧

虛名誤長者邂逅肯經過所操十餘篇浩蕩洪江河側身朝市間樂少悲慚多文章舊所好久已廢吟哦開編喜有得一讀瘳沉痾東飯北城陰永懷從昭私

文欲及歲晚空堂掃絲窠稍出平生言道藝相琢磨忽隨鴈南飛當此葉辭柯去去犂嶺高想見青坡陀黃花一杯酒為壽樂如何微詩等瓦礫持用報賡和

送張拱微出都

歸卧不自得出門無所投獨尋城隅水送子因遠遊荒林纏悲風慘慘吹貂裘提手共笑語顧瞻中河舟嗟人皆行樂而我方坐愁腸胃繞鍾山形骸空此留念始讀詩書豈非亦有求一來裹青衫觸事自悔尤誤為世所容榮祿今白頭塞責以區區一毛施萬牛不足助時治但為故人羞寛恩許自劾終欲東南流子今涉冬江船必泊蔡洲寄聲冶城人為我問一丘

寄題睡軒

劉侯少忼慨天馬脫羈一官不得意州縣老委蛇新居當中條牆屋稍補治蹝軒以牓名從我遠求詩朝廷法令具百吏但循持又况佐小邑有才安所施賦租如簿領獄訟了鞭笞翛然即高枕於此樂可知王官有空谷隱者常棲遲拂榻夢其人亦足慰所思嗟予久留連竊食坐無爲浩歌臨西風更欲徃從之

沖卿席上得作字

咨予乏時才始願乃丘壑強走十五年朱顏已非昨低回大梁下屢歎風沙惡所欣同舍郎誘我文義博古聲無慆淫眞味有淡泊追攀風月久貌簡非心略君恩忽推徙所望頗乖錯尚憐得經過未比參辰各留連惜餘景從子至日落明燈照親友環坐傾杯杓

别離寬後悲笑語盡今樂論詩知不如興至亦同作

塞翁行

塞翁少小壟上鋤塞翁老來能捕魚魚長如人水滿眼桑柘死盡生芙蕖漢家新城廣能築胡兒壯馬休南牧北風卷却波浪聲秪益車行轆轤

白溝行

白溝河邊蕃塞地送迎蕃使年年事蕃馬常來射狐兔漢兵不道傳烽燧萬里鉏耰接塞垣幽燕桑葉暗川原棘門灞上從兒戲李牧廉頗莫更論

河間

北行出河間千歲想賢王胡麻生蓬中詰曲終自傷好德尚如此恃材宜見戕乃知陰自脩彼不為傾商

區區三丗家廟冊富文章教子以空言得㭊果不良

陳橋

走馬黄昏渡河水夜爭歸路春風裏指點薹城太白高殺鞭日午陳橋市楊柳初回陌上塵烟脂洗出杏花匀紛紛塞路堪追惜失却新年一半春

澶州

去都二百四十里河流中間兩城峙南城草草不受兵北城樓櫓如邊城城中老人爲予語契丹此地經鈔虜黄屋䙀乘矢石間胡馬欲踏河冰渡天發一矢胡無酋河冰亦破沙水流歡盟從此至今日丞相萊公功第一

臨川先生文集卷第五

臨川先生文集卷第六

古詩

北客置酒

奉使道中寄育王山長老常坦

送李屯田守桂陽二首

送吴仲庶出守潭州

雜詠三首

即事三首

送冀叔熊歸閩

寄二弟時往臨川

李氏沅江書堂

休假大佛寺

别謝師宰

解使事泊棠陰時三弟皆在京師二首

詳定幕次呈圣從

寄朱氏妹

贈陳景初

贈張康

送程公闢守洪州

鳳凰山

夢中作

彭蠡

牛渚

東門

和王微之登高齋三首

北客置酒

紫衣操鼎置客前巾韝稻飯隨粱饘引刀取肉割啖客銀盤擘臑薨與鮮殷勤勸侑邀一飽卷牲歸館觴叓傳山蔬野果雜飴蜜獾脯豕腊加炰煎酒酣衆史稍欲起小胡捽耳爭留連爲胡止飲且少安一杯相屬非偶然

奉使道中寄育王山長老常坦

道人少貧海上游海舶破散身流浮抱金萹篋人所寄吹歎偶得還中州羸身歸金不受報紙取斗酒相獻酬歡娛慈母終一世脫棄妻子藏巖幽蒼煙寥寥池水浸白玉菡萏吹高秋夜燃栢子煑山藥憶此泉

望無晴休塞垣春祛積雪滔沙礫盛怒黄雲愁三叟匹馬隨鴈起想見鄭郭花今稱百年夸奪終一丘世上滿眼真悠悠寄聲萬里心綢繆莫道吴越無相求

送李屯田守桂陽二首

泊船香爐峯始與子相識寄書邦江上詒我峯下石緣以湘水竹攜持與南北永懷故人歡不願百金易竹枯歸樵蘇石爛棄沙礫夷門得邂逅緑髮皆半白追思少時事俛仰如一夕老矣無所爲空知念疇昔常思一杯酒要子相解繹粹出門事紛紛歸卧意還欲聞當上溢水持詔守嶺陁方爲萬里別執手先慘戚茲游信浩蕩山水多所得爲我謝香爐風塵每相憶

蒼黄離家問南北中路思歸歸不得風濤何處不驚人雨雪前村更欺客舊交旌旆此盤（淵聖御名）見我即令見解鞍荒山樂官歌舞挈提壺沽酒聊一歡行藏欲語眉不展互歎別離心繾綣行年半百勞如此南畝懼耕未宜晚

送吳仲庶出守潭州

吳公治河南名出漢廷右高才有公孫相望千歲後平明省門闢吏接堂上肘指謔談笑閒靜若在林藪連牆畫山水隱几詩千首浩然江湖思果得東南守傳鼓上清湘旌旗蔽牛斗方今河南治復在荊人口自古楚有材酃渌多美酒不知樽前客更得賈生否

雜詠三首

懷王自墮馬賈傅至死悲古人事一職豈敢苟然爲
哭死非爲生吾心良不欺滔滔聲利間絳灌亦何知

二

先生善鼓瑟齊國好吹竽操竽入齊人雅鄭亦復殊
豈不得禄賜歸卧自欷歔寥寥朱絲絃老矣誰與娱

三

商陽殺三人每輒不忍視亦云食君食報禮當如此
波瀾吹九州金石安得止永懷南山阿慷慨中夜起

即事三首 一

我起影亦起我留影逡巡我意不在影影長隨我身
交遊義相好骨肉情相親如何有乖睽不得同苦辛

二

昏昏白日卧，皎皎中夜憩。明月入枕席，涼風動衾幬。寒蟬相鳴悲，上下無時休。徒能感我耳，顧爾安知秋。

三

日月隨天旋，疾遲與天謀。寒暑自有常，不顧萬物求。蜉蝣蔽朝夕，蟪蛄疑春秋。眇眇上古曆，回環今幾周。

送鄭叔熊歸閩

鄭子喜論兵，慨然萬人敵。嘗持一尺箠，跨馬河南北。方今邊利害，口手能講畫。疑師穀城翁，方略已自得。天兵卷甲老，壯士不肉食。低徊向詩書，文字銳鐫刻。科名又齟齬，棄置非人力。黃塵彫罽裘，遠旅日偪仄。秋風吹殘汴，霰雪已驚客。浩歌隨東舟，別我無慘惻。

闓生今好遊往往老妻息南陔子所慕天命豈終塞

寄二弟時往臨川

蕭條冬風高吹我冠上霜我行歲已寒悲汝道路長持以此 作犬馬心千里不得將使汝身自憂辛苦冒川梁青燈照詩書仰屋卧數行不有親戚思誰知遠遊傷

李氏沅江書堂

沅江水有梁與曾沅田樹桑可蠶耕君於其間秘射利獨岸清湍留朱甍詩書當前日開闔冠帶滿坐相逢迎勉求高論出施設無以私智為公卿

休假大佛寺

罷憊得休假衣冠儻遨兼裝書聊自娛一麾帶寺東廊

六龍高徘徊光景在我裳冬屋猶曖曖病身更強梁從我有不惡捨我有不忘昭昭誰可與言攜手此徜徉娓娓吾所愛新居乃鄰牆寄聲能來遊維用寫愁腸

別謝師宰

閶闔城西地迎水雞鳴雍往波浪起窮年一馬望扶桑東得省門身輒止彈書覓期會旨老紛紛邂逅論心喜有君數日未多還捨我相看愁思亂於雲

解使東泊棠陰時三弟皆在京師二首

始吾泊棠陰三子不在舟今當捨之去三子還遠遊茫然千里水今見荻花洲俛仰換春冬紛紛雲百憂懷哉山川異往矣霰雪稠登高一涕泗寄此寒江流

泊船棠陰下灘水清且淺回首望孤城浮雲一何緬
又留非吾意欲去猶繾綣馳心故人側一望三回反
蕭蕭東堂竹昊日留自憶無恩被南國疑此行當翦

驊騮

龍德不可係變化誰能謀一本無此二句驊騮亦駿物卓犖
地上遊怒行追疾風忽忽跨九州轍迹古所到山川
略能周鴻蒙無人蹤沆漭遠天浮巉巖拔青冥仙聖
所止留欲往輒不能視龍乃知羞

寄朱氏妹

昔來高郵居我始得朱子從容談笑間已足見奇偉
行尋城陰田坐釣溪水下此歸來同食眠左右皆圖史
入視爾諸幼歡言亦多祉當時獨張倩遠在廬山趾

流君未言名已習吾耳安知十年來乖隔非願始
相逢輒念遠悲吒多於喜今茲豈人力所念皆聚此
諸甥昔未有蒲眼秀而美低佪吾親側亦足慰勞止
嗟予迫時恩一傳日千里尔舟亦已戒五兩翩然起
蕭蕭東南驛望望兩何時已空知夢寐魚遊上西安水

贈陳君景初

吾嘗奇華佗腸胃真割剔神膏既傅之頃刻活殘朽
昔聞今則信絕伎世常有堂堂潁川士察脉極精數
一丸起病瘠鱠蟲隨泄嘔躄足四五年下針便之走
一言償不合萬金莫可誘又復能賦詩往往吹瓊玖
卷然誇連城語怪若神授名聲動京洛蹤會驕貴
相逢但長嘯過飲輒掩口獨醒竟何如無乃畏俗倒

顧非避世翁疑是壁中叟安得斯人術付之醫國手

贈張康

昔在歷陽時得子初江滸手中紫團參一訣竟孰識艤舟城南居杖屨日相因百口代起伏呻呼話比鄰叩門或夜半屢賫藥物珍欲報恨不得腸胃盤車輪今逢又坎坷令子馳風塵顛倒車馬間趨先冰雪晨嗟我十五年得祿尚辭貧所譏漫累卑豈能蘇一人無求愧子義有施慙子仁逝將收桑榆邀子寂寞濱

送程公闢守洪州

畫船插幟搖秋光鳴鐃傳鼓水洋洋豫章太守吳會郎行指斗牛先過鄉鄉人出郭航瀾漿魚鼈鱠炙稻粱炙頭兒大萋腰長[illegible]駢闐喧呼簫笙滿林怪君三年

滯瞿塘又驅傳馬登太行纓毛脫盡歸大梁翻然出走天南疆九江左投貢與章揚瀾吹漂浩無旁老蛟戲水風助狂盤渦忽坼千丈强君聞此語悲慨慷迎吏乃前持一觴鄱州歷選多儁良鎮撫時有諸侯王拂天高閣朱鳥翔西山蟠繞鱗鬣蒼下視城塹眞金湯雄樓傑屋欝相望中戶尚有千金藏漂田種秔出穰穰沉檀珠犀雜萬商大舟如山起牙檣一本無此一句輸瀉交廣流荆揚輕裾利屣列名倡春風蹋謠能斷腸平湖灣塢煙渺茫樹石珍怪花草香幽處往往聞笙簧地靈人秀古所臧勝兵可使酒可嘗十州將吏隨低昂談笑指麾回雨暘非君才高力方剛豈得跨有此一方無爲聽客欲霑裳使君謝吏趣治裝我行樂

矣未渠央

鳳凰山

驅馬信所適落日望九州青山滿天地何往爲吾丘貧賤身秪辱富貴道足羞涉世諒如此惜哉去無由

夢中作

青門道北雲爲屋大壚貯酒千萬斛獨龍注雨如車軸不畏不售畏不續

彭蠡

茫茫彭蠡春無地白浪春風濕天際東西捩柁萬舟回千歲老蛟時出戲少年輕事鎮南來水怒如山帆正開中流蜿蜒見脊尾觀者膽墮予方咍衣冠今日龍山路廟下沽酒山前住老矣安能學佽飛買田欲

棄江湖去

牛渚

歷陽之南有牛渚一風微吹萬舟阻華戎蠻蜀文百川合爲大江神所蹕山盤水怒不得泄到此乃有無窮淵朱衣乘車作官府操制生殺非無權陰靈秘怪不欲露爨犀得禍豈偶然

東門

東門白下亭摧甍蔓寒葩淺沙杙素舸一水宛秋蛇漁商數十室門巷隱桑麻翰林謫仙人往歲酒姥家調笑此水上能歌揚白花楊花飛白雪枝褭綠煙斜舞袖卷煙雪綺裘明紫霞風流翳蓬顆故地使人嗟迢迢陌頭青空復可藏鴉

和王微之登高齋三首

寒雲沉屯白日埋河漢蕩坼天如徙衡門兼旬滾泥潦臥聽窾木鳴相挨蕭辰忽掃纖翳盡北嶺初出青嵬嵬微之新詩動我目爛若火齊金盤堆想攜諸彥眺平野高論歷詆秦以來觥船淋浪始快意忽憶歸雲胡爲哉念君少壯輟游衍發揮春秋名王一杯書成不得斷國論但此空語傳八垓登臨興罷因感觸更欲遠引追宗雷君知富貴亦何有諂譽未足煩譏排風豪雨横費調爕坐使髮背爲黄台留賓往往夜參半雖有罇俎無由開江南佳麗并一日況乃故園名池臺能招過客飲文字山水又足供歡咍剩留官屋貯酒毋取醉不竭當如淮

六朝人物隨煙埃金輿王氣安在哉鍾山石城已寂寞秪見江水雲端來百年故老有存者尚憶世宗初伐淮魏王兵馬接踵出旗纛千里相擔挨當時謀臣非不衆上國拔取多陪臺龍騰九天跨四海欲阻一水爲可咍降王北歸樓殿圻棄屋尚鎖殘金堆神靈變化自真主將帥何力求公台山川清明草木靜天地不復屯雲雷使君登高訪古音傷此陳迹聊持杯因留嘉客坐披寫鄙渌笑語傾如簁酒酣重惜功業晚老矣萬卷徒兼該攢峯列壑動歸興憂端落筆徜崔嵬餘年無歡易感激亦愧莊叟能安排青燈明滅照不寐但把君詩闔且開

干戈六代戰血埋雙闕尚指山崔嵬當時君臣但兒
戲把酒空勸長星杯臨春美女閑黃壤玉枝自一作白
落繁如堆後庭新聲散樵牧興廢倏忽何其哀咸陽
龍移九州坼遺種變化呼風雷蕭條中原碭無水崛
强又此憑江淮廣陵衣冠掃地去穿築隴畝爲池臺
吳儂傾家助經始尺土不借秦人箠珠犀磊落萬艘
入金璧照耀千門開建隆天飛跨兩海南發交廣東
温台中間嶫嶫地無幾欲久割據誠難哉靈旗指麾
盡貔虎談笑力可南山排樓船蔽川莫敢動扶伏但
有謀臣來百年滄洲自潮汐事往不與波爭迴黃雲
荒城失苑路白草廢時空壇埃使君新篇韻險絕登

聽感悼隨興咍嗟予愁憊氣已竭對壘毎欲相虧挨
揮毫更想能一戰數窘乃見詩人才

臨川先生文集卷第六

臨川先生文集卷第七

古詩

董伯懿示裴晉公平淮右題名碑詩用其韻和酬

用王微之韻和酬卽事書懷

和仲求卽席分題得廳字

出覽縣

書任村馬鋪

葛藴作巫山高愛其飄逸因亦作兩篇

西風

久雨

和王勝之雪霽借馬入省

惜日

送翟如晦即席分題三首

董伯懿示裴晋公平淮右題名碑詩用其韻和酬

元和伐蔡何危哉朝廷百口無一諧盗傷中丞偶不死利劍白日投天衢裹瘡入相議章旅圍火一舜更擅捥上前慷慨語發涕誓出披攘除蝥賊指爲光顏戢洄曲關如怒虎搏磓對愬能擒虜取所爲護送蔡元亨形骸管兵夜半投死地雪凝不敢燃薪蘸立歲野子巳可縛中使尚作嘵見哇退之道此允雋信當鑿玉際東墻奏啟編詩書播後嗣筆畢巧終類俳唐從天寶運中圮廊廟往往非忠佳諸侯桀橫代割

據疆土豈得無辭仗德宗末年竟職禍一矢不試虜
豪毅憲皇初逐衆未信意欲立掃除昏霾遠混清勇
敎薦鐵屢勑主府拘窮蛙王師傷夷征戰寡干旦亦
慮毫釐差小夫偷安自非討畏者遠慮曷可懷[illegible]諸
晉公忠且壯時命適與功名偕是非未由主成敗但
論今古誰識排督哉韋純議北赦會卒南伐允肇皆
章華聲明彌萬國服苗干羽舞兩階宣王側身內脩
政常德立武能平淮昔人經綸初若緩欲事此道非
吾儕千秋事往蹤跡在嶽石款記如湘崖文嚴字麗
皆可喜黃埃蕪沒蒼蘚埋當時將佐盡豪傑想此兵
幬陪祠齋君曾西遷爲拓本屬劉審親刷指新篇
波瀾特浩蕩把卷熙熙讀迷津涯尊賢樂善日爲美嘗

桂廟壁爲詩牌用王微之韻

和酬即事書懷

秦惜逝者臺晉嘉良士休古人皆好樂哀此歲月遒嗟我抱愁毒殘年自羈因但爲兔得歸非復天上鵬雖知林塘美欲往輒回輈名園一散策笑語隨觥籌探題遶梅花高詠接應劉宿雨洗荒臺寒蛟沈老湫泓洄信畫舸歸路子城幽冬風不改綠忽見新陽浮歡事去如夢嘉時念難留明發得君句謂將續前遊語我以倡樂不如詩獻酬淮洲秦鍾鼙雅劍德不猶文墨亦真趣荒淫何足收來篇信騎女窈窕衆所求益理從可蕭華簪爲君抽

和仲求即席分題得燕字

刀筆凄無營圖書紛不御平生携手人邂逅賞心處名卿齊來邑賡使趨嚴助都官富篇章博士熟經籍豈特好微言又多知大慮從容故天幸倜儻蓋人譽千歲來交荊萬荊去揚豫良無此嘉客式飲吾所庶

出韋縣

郘陵暮月煙霧昏鼕火度谷行山根投艱委轡徙數村害出韋縣城東門向來宮闕不可見但有洛水流潺潺

書任村馬鋪

兒童繫馬黃河曲近岸河流如可掬往村炊米朝食魚日暮榮陽驛中宿投老經過身獨在當時洲渚今平陸蒹葭冥冥一數家仰視荒臺但喬木盤　美

客自知走看三日不還東馳兩來百口皆弃少歸與有

人共此悲

葛蘊作巫山高愛其飄逸因亦作兩篇

巫山高十二峯上有往來飄忽之猨狖下有出沒瀺灂之蛟龍中有倚薄縹緲之神宮神人處子冰雪容吸風飲露之虛无中千歲寂寞無人逢邂逅乃與襄王遇丹崖碧嶂翠葺重畫白月如日明房龔象牀玉几來自從篇屋臺空鎖金芙蓉陽臺美人多楚言我有纖腰能楚舞無女鳳管鳴鼉鼓那知襄王夢時亭但見朝朝暮暮長雲雨

二

巫山高偃蹇江水之滔滔水於天下實至險山亦起

伏爲波濤其巔冥冥不可見崖岸斗絶悲猨猱赤楓
青櫟生滿谷山鬼白日樵人遭窈窕陽臺彼神女朝
朝暮暮能雲雨以雲爲衣月爲褚乘光服暗無留匝
崑崙曾城道可取方丈蓬萊多伴侶塊獨守此嗟何
求況乃低徊夢中語

西風

少年不知秋喜聞西風生老大多感傷畏此蟋蟀鳴
況乃擔覓衣饑病獨遠行中夜卧不周輿側念我情
起視天正黑羽雲亂縱橫似有霰雪飄不復星斗明
時節鬱[illegible]之一里今壯心驚謝無同憂人撙酒安可傾

大雨

煩炤著天無寸雲白渾十三一岸大魚龍義和指車無不

得河伯欲取山爲宫城門晝閉紙百貫飢孫得糟衣
哺翁老人慣事少所怪看屋箕踞歌南風

和王勝之雪霽借馬入省

泥水填馬不受鞭冗雪停火猶藏溝宿霧紛紛度城
闕朔氣凛凛吹衣裘窮閻閉門無一客飢寒驚哉有
前騶強隨傳呼出屋去自覺息凍合髭鬚縷縷設鞿馬鬣
任敧側欲出操篋手還出插行思江南悲故事漢谷冬
暖花常流前年臘歸三見白雪霽色嶺上琪花留蕊蘂
此時將已子登眺置酒身優游豈如都城今日事哉
恐一醉爲親憂因知田里舊歎民昔人豈即非良謀
君家洛陽名實大談笑枯槁回春柔平生意氣故應
在白髮未敢相尋兼從容退食想佳節豈無歌聲相

獻酬奈何亦作苦寒調歎息朝夕無驊騮超然遂有江湖意滿紙為我書窮愁相如正應居左右子路且莫棄桴浮

和吳沖卿鵶鳴樹石屏

寒林昏鵶相與還下有跋石蒼屏顛曾於古圖見髣髴已怪刀筆非人間君家石屏誰為寫古圖所傳無似者鵶飛歷亂止且鳴林葉慘慘風煙生高齋日午坐中見意似落日空上行君詩槃盧付君手云此非人乃天巧嗟哉渾沌死乾坤至造作萬物醜妍巨細各有理問此誰主何其精悚奇譎詭多可喜人於其間乃復雕鑱刻畫出智力欲與造化追相傾拙者婆娑尚欲奮工者固已窮夸矜吾聞鬼神獨與人意異

雖有至巧無所爭所以竉山間埋沒此寶二千萬歲不爲見者襲吾文以此知妙偉之作不在自出後造始乃與元氣并畫工粉墨非不好歲久剝爛空留名能從太古到今日獨此不朽由天成出人尚奇輕貨言山珍海怪採掇今欲索此屏後出爲君得胡賈欲價著不識吾知金帛不足論當與君詩兩相宜

送李宣叔倅漳州

關山到漳窮地與南越錯山川鬱霧毒瘴癘春冬作荒茅篁竹間蔽虧有城郭居人特鮮少市井宜蕭索野花開無時蠻酒持可酌窮年不見客誰與分杯杓朝廷尚賢俊磊砢充臺閣君能喜節行文藝又該博超然萬里去識者爲不樂子聞君子居自可救民瘼

苟能禦外物得地無美惡似聞最南方北客今勿藥林麓換風氣歇蚰凋毒蠱如瘴猶近州氣冷又銷鑠豈足濟物宗其厚不爲薄章舉馬甲柱固已輕羊酪蠻薑荔子丹又勝橙梨酢逢衣比多士往往在丘壑從容與笑語豈不慰寂寞太守好觴詠嘉賓應在幕想即有新詩流傳至京洛

送裴如晦宰吳江

羅一作霞澤與天杳旁臨無限情他時散髮處最愛垂虹亭飄然平生遊捨我戴吳星欲往獨不得都門看揚舲到縣問疾苦爲子求所經當知耕牧地往往菱蕭青三江斷其二渰水一向由寧徵子好古者此歌尚誰聽

韓持國從富并州辟

韓侯冰玉人，不可塵土雜。官雖衆俊後，名字久訇磕。并州天下望，撫士威愛洽。千金棄不惜，賓客常滿閤。遥聞餘風高，爲子置一榻。親交西門餞，百馬驕雜遝。子材宜用世，談者爲嗚唈。新令名主人，氣力足呵歙。推賢爲時輔，勢若朽易拉。會當爲還朝，立子在閶闔。惜哉猗騏驥，賦以升龠合。著子栖栖者，氣象已摧塌。他年佐方州，說將尚不納。況於聲勢卑，豈易取諷荅。有如持寸莛，未足感鞺鞳。顧於山水間，意願多所合。匡廬與翻石，少小已嘗蹋。風遊會稽春，雪宿天柱臘。淮潮江海上，買食蝦蟹蛤。西南窮峨嵋，東北盡濟漯。身雖未嘗歷，魂夢已稠沓。荆溪最所愛，映燭多巖嶪。

溪莫縣與漆溪花圍繡疊高舟傳所過行不廢樽榼一笑捨之去霜雪行滿領思之不能寒蹷者言蚼嗜方騁綦真濆畢景謝嘽嘈安能孤此意顛倒氣衰留唯子余所嚮嗜好比鶼鰈何時歸招過遊屐尚可蠟

寄吳沖卿

物變極萬殊心通纔一曲讀書謂已多撫事知不足與君語承華念此非不夙悵無數頃田歸耕俟成熟嘗官拙自計易用忤流俗窮年走區區得謗大於屋歸來汙省舍又繼故人躅相逢祇數步吏牘常塡目切磋非無傷阻闊嗟何速孤危失所助把卷常恨獨虛名終自誤謬恩何見屬清明有沖卿真美如瑩叔時謂當選才屈指尚五六拔才最不稱餐寵豈無恧

學勤故人書紙尾又見勗君能好德言哉、自是宗吾
易稱動不括傳論大明賑進爲非成妙難遂不容贖
歲殘東風生陜嶺塵鬢麴何緣一杯濁談笑相追逐

韓持國見訪

余生非匏瓜於世不無求弱力懷耕稼衣食嘗周流
起家始二十南北今白頭愁傷意已甚罷病惡囂瘳
江湖把一節屢乞東南州治民豈吾能聊辭庶可偷
謬恩當徂冬驅勉始今秋豈敢享高蹇荏苒乖丕讐
撫心私自憐俯屋窺樀歎啾強騎黃飢馬欲語將誰投
賴此城下宅數蒙共以人留攬衣坐中庭仰視白雲浮
白雲御西風一一向滄洲安得兩黃鵠跨之與雲遊

思王逢原

自吾失逢原觸事輒愁思豈獨爲故人撫心良自悲我善孰相我孰知我瑕疵我思誰能諭我語聽者誰朝出一馬驅暝歸一馬馳驅驅不自得談笑誰適嘉仰屋卧太息起行涕滂沱念子冢上土草今已紛葩皎皎歸目少熒熒一安婁高義動閭里尚聞致財貨嗟我衣冠朝略能具饘糜葬祭無所助哀龐亦何施閭婦欲北返歎子常望之寒汴已閉口止行又參差又說當產子產子知何時賢者宜有後固當夢熊羆天方不可恃我願適在茲我疲學更誤與世不相宜宿昔心已許同岡結茅茨此事今已矣已矣尚誰咨瀰瀰江與淮茫茫山與陂安能久窮食終負故人期

登景德寺

放身千仞高北望太行山■屋如螘冢蔽虧塵霧間念此屋中人當復幾人閑雞鳴起四散暮夜相與還物物各自我誰爲賢與頑賤氣即易凌貴氣即難攀愧予心未齊俛首一破顔

和劉貢甫燕集之作

馮侯天馬壯不羈韓侯白鷺下清池劉侯羽翰秋欲擊吳侯葩萼春爭披沈侯玉雪照人潔蕭灑已見江湖姿唯予貌醜駭公等白鏡亦正如蒙倛忘形論交喜有得杯酒邂逅今良時心親不復異新舊便脫巾屨相諧嬉空堂無塵小雨定濃綠翳水浮秋曦高談四坐掃炎熱木末更送涼風吹此歡不盡忽分散明月照屋空參差平明餘清在心耳洗我重得劉侯詩

劉侯未見聞已熟吾友稱誦多文辭才高意大方用世自有豪俊相攀追咨予後會恐不數魂夢久向東南馳何時扁舟却顧我還欲迎子遊山陂

寄王逢原

北風吹雲埋九垓草木零落空池臺六龍避逃不敢出地上獨有寒崔嵬■衣起行愁不愜歸坐把卷闔且開永懷古人今已矣感此近世何爲哉申韓百家爇火起孔子大道寒於灰儒衣紛紛欲滿地無復氣焰空煤炲力排異端誰助我憶見夫子真奇材楩枏豫章槩白日斲要匠■聊穿裁我方官拘不得往子有閑暇宜能來晤言■與入聖處一取萬古光芒迴

寄正之

少時已感韓子詩東西南北俱欲往新年方覺此語悲恨無羽翼超忽恍肺肝欲絕形骸外涕洟自落衣巾上此憂難與世共知憶子論心更惆悵

思古

古之士方窮材行已云貴大臣公聽采左右不得蔽或從蒿藜間入據廊廟勢小夫不敢望云我非甚豪朝遊儁者羞暮出逢者避所以後世愚人人願高位

昔日

白日照四方田在中天留春風地上行當與時周遊和氣所披偃乾卻濕柔愛欲傳萬物勢難停一州悽悽孔子目日此之由不能使此邦利澤施諸侯豈若駕以一我遇者稠當時三千人齊宋楚陳州

小者傳吾
吾初如繳
豈必相夭

大能傳與幽道散學以聖衆源乃常流
彼亦孰知丘唯士欲自達窮通非外求
人能經九疇行雖恥强勉閉戶非良謀

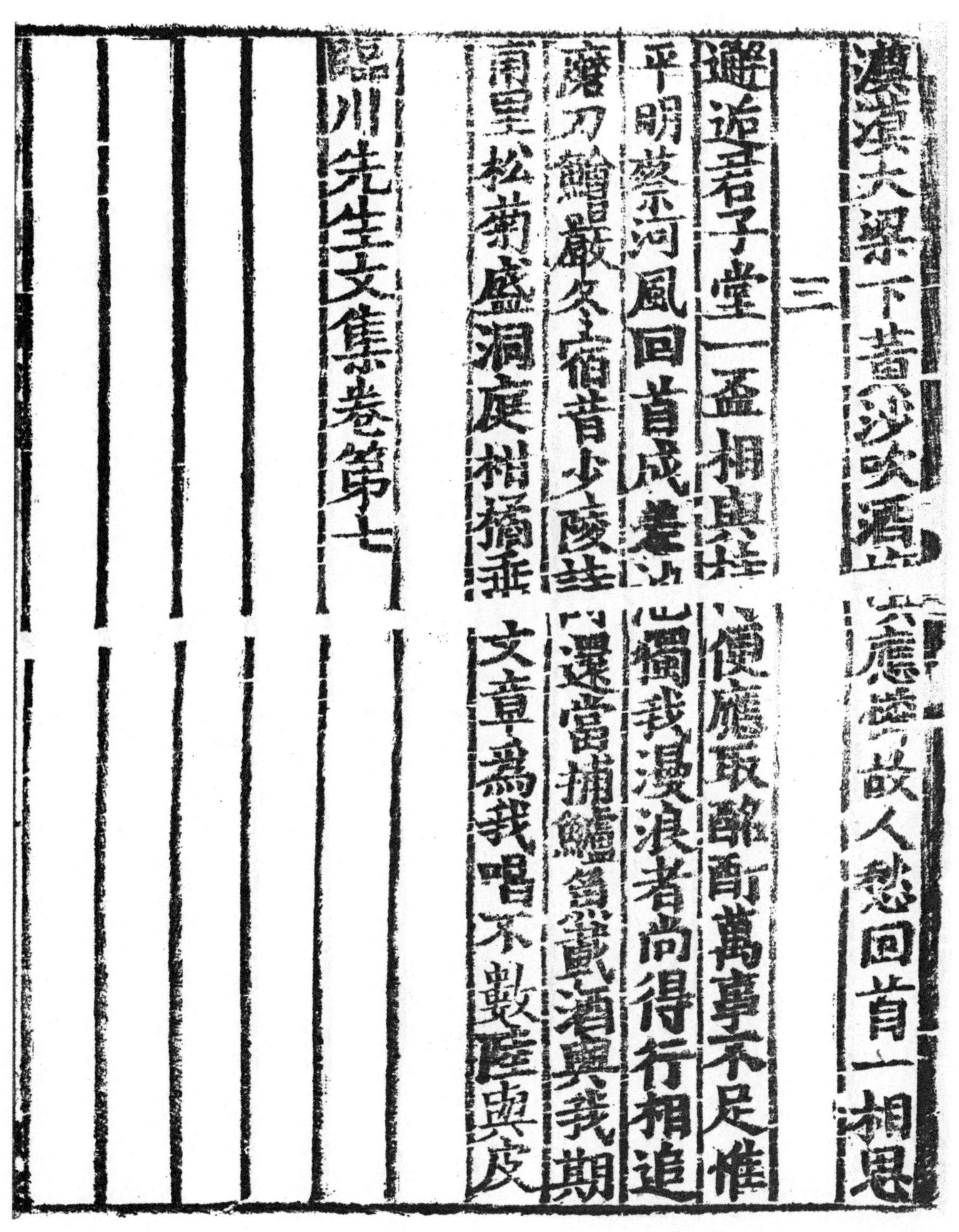

漠漠大梁下黄沙吹酒旗芸廳謂故人愁回首一相思

三

邂逅君子堂一盃相與持便應取酩酊萬事不足惟
平明蔡河風回首成差池獨我漫浪者尚得行相追
磨刀鱠巖冬宿昔少陵詩還當捕鱸魚載酒與我期
南望松菊盛洞庭柑橘垂文章爲我唱不數陸與皮

臨川先生文集卷第七

臨川先生文集卷第八

古詩

兩馬齒俱壯
春從沙磧底
晨興望南山
結屋山澗曲
朝日一暴秦
黄菊有至性
少狂喜文章
三戰敗不羞
少年見青春
白日不照物

草端無華滋
一日不再飯
秋枝如殘人
青青西門槐
天下不用卓
山田久欲拆
聖賢何當施
散髮一扁舟
道人北山來
今日非昨日
秋日不可見
巽臨在靈呼

悲哉孔子之歿

秋庭午吏散

秋日在梧桐

我欲往滄海

前日石上松

日出堂上飲

兩馬齒俱壯

兩馬齒俱壯，自驕千里材。生姿何軒軒，或是龍之媒。一馬立長衢，顧影方徘徊。一馬裂銜轡，奔嘶逸風雷。立豈飽芻豆，戀棧常思迴。奔豈欲野齕，久羈羞驚駘。兩馬不同調，各爲世所猜。問之不能言，使我心悠哉。

春從沙磧底

春從沙磧底轉上青天際靄靄桑柘墟浮雲變姿媚
游人出暄暖鳥語辭陰翳心知歸有日我亦無愁恩
所嗟獨季子尚客江湖澨萬里卜鳳凰飄飄何時至

晨興望南山

晨興望南山不見南山根草樹露顛頂樛枝空復繁
銅瓶取井水巳至尚餘溫天風一吹拂的皪成璵璠

結屋山澗曲

結屋山澗曲挂瓢秋樹顛鳴不中律呂時時聾我眠
吾見亦惡聒勠力直棄捐止我爲爾歌不如恣其然
狂風動地至萬竅各啾喧一瓢雖易除豈在有無閒
皪皪山下石泠泠手中弦瞻流寫所愛坐聽以窮年

朝日一暴背

朝日一暴秦宵然志氣舞洪松愛明水既食武琴彈
彈作南風歌歌罷生長歎寤寐無昔遺世長擾難

黃菊有至性

團團城上日秋至少光輝積陰秋過天況乃草衰殘
黃菊有至性孤芳抱群秀[illegible]

少年喜文章

少年喜文章頗復好功名稍知古人心盛[illegible]講
晚但但志食薇追亦專誠仰慕冥冥士稱[illegible]長[illegible]
良夜來盞映青燈數寒更擬書置左右仰屋歎平生

三戰敗不善

三戰敗不善一言遂氣毒古人思懸親[illegible]
於陵避兄食織屨妻子慁義有相權[illegible]非至理

少年見青春

少年見青春萬物皆嫵媚身雖不飲酒樂與賓客醉一從鬢上白百不見可喜心腸非故時更覺日月駛聞歡已倦往得飽還思睡春歸只如夢不復悲憔悴寄言少年子努力作春事亦勿怪衰翁衰強自然異

白日不照物

白日不照物浮雲在寥廓團風壽吹黃昏屋瓦更紛泊行觀蔡河上負土秋力弱隨堤散萬家亂若春風箔仍聞決數道且用寬城郭婦子夜號呼西南漫爲壑

草端無華滋

草端無華滋陰氣已盤固瘡妍却如春歲晚曾不寤一蟲可以暖負之終難豫忽忽去近殺空巢蟲欲訴

一日不再飯

一日不再飯飯已八九眠忽忽返照闇頓羸不可遷筋骸徽纆束肺腑鼎鐺煎長徃理不惜高堂思所牽

秋枝如殘人

秋枝如殘人顏色先憔悴微寒吹已空性命一何脆寧當記疇昔葩葉相嫵媚歲行誰使然好殺豈天意

青青西門槐

人情甘阿諛我獨倦請謁尤於權門踈萬事亦已拙平生江湖期夢寐不可遏青青西門槐少解馬上暍

天下不用車

天下不用車人人乘馬馳王良雖善御攬轡欲從誰漢武伐大宛殺人若京坻孝文却走馬獨行先安之

萬物命在天取舍各有時陰陽更用事冬暖豈所宜

卞氏強獻玉兩刖亦已癡幸終遇良工已割得不疑

山田久欲拆

山田久欲拆秋至尚求雨婦女喜秋涼踏車多笑語

朔雲卷衆水慘淡吹平楚横陂與直塹疑即没洲渚

霍霍反照中散絲魚幾縷鴻蒙不可問且往知何許

歘眠露下舸側見星月吐龍骨已嘔啞田家真作苦

聖賢何常施

聖賢何常施所　曲士守一隅欲以齊萬

非不　世無子有子誰敢

散髮一扁舟長夜眠屋頭秋水澄明

何迢迢蒹葭

夢此露的皪，復恰婁綺靡。[illegible]無與歡，綖幽獨亦可喜。

道人北山來

道人北山來，問松我東岡。舉手指屋脊，云今如此長。開田故歲收，種果今年嘗。告叟去復來，耘鋤尚康彊。死狐正首丘，遊子思故鄉。嗟我行老矣，墳墓安可忘。

今日非昨日

今日非昨日，昨日已可思。明日異今日，如何能勿悲。嘗聞五六樹，上有蠅鳴枝。蔽聽尚壯急，暮聞已遠遲。仰看青青葉，亦復少華滋。萬物同一氣，固知當彫爲。我友南山居，笑談解人頤。分我秋栢實，問言歸何時。衣冠汚窮塵，苟得猶古飢。低佪歲已晚，恐負平生期。

秋日不可留

秋日不可見林端但餘黄蒼蒼忽平野俛仰畏無光
栗栗澗谷晨吹我衣裳忽消消空山月照我冠上霜

麒麟在霜野

麒麟在霜野低徊向衰草入耳聞秋風悲鳴思長道
黄金作鞭轡盤盤空外好人生貴得意不必悵枯槁

悲哉孔子沒

悲哉孔子沒千七歲無麒麟豈豈盡鈕商此物誰能珍
漢武得一角燔烹謳鬼神更以鑄黄金傳夸後世人

秋庭午吏散

秋庭午吏散子亦歸息偃豈無嘉賓客欲往心獨[illegible]
比窓古人篇一讀三四反悲哉不盈計失道行晼晚

秋日在梧[illegible]

秋日在梧桐轉陰隙如急轂冥窗檄中庭下視今可憂
高蟬不復譙稍得寒鴟宿百遶有羨角行歌待春綠

我欲往滄海

我欲往滄海客來自河源手探囊中膠救此千載渾
我語客欲爾當還治崑崙歎息謝不能相看滌瓢盆
客止我且往濯髮扶桑根春風吹我舟萬里空自存

前日石上松

前日石上松斸移沙水際青青折釵股偃蹇幽人動
嶠根今鬱茂落子還蒼蒼十年一楮葉世豈言寧貴

日出堂上飲

日出堂上飲日西未云休主人笑而歌客子歎以悽
楯此堂上柱始生在巖幽雨露能所滋高雲亦二十秋

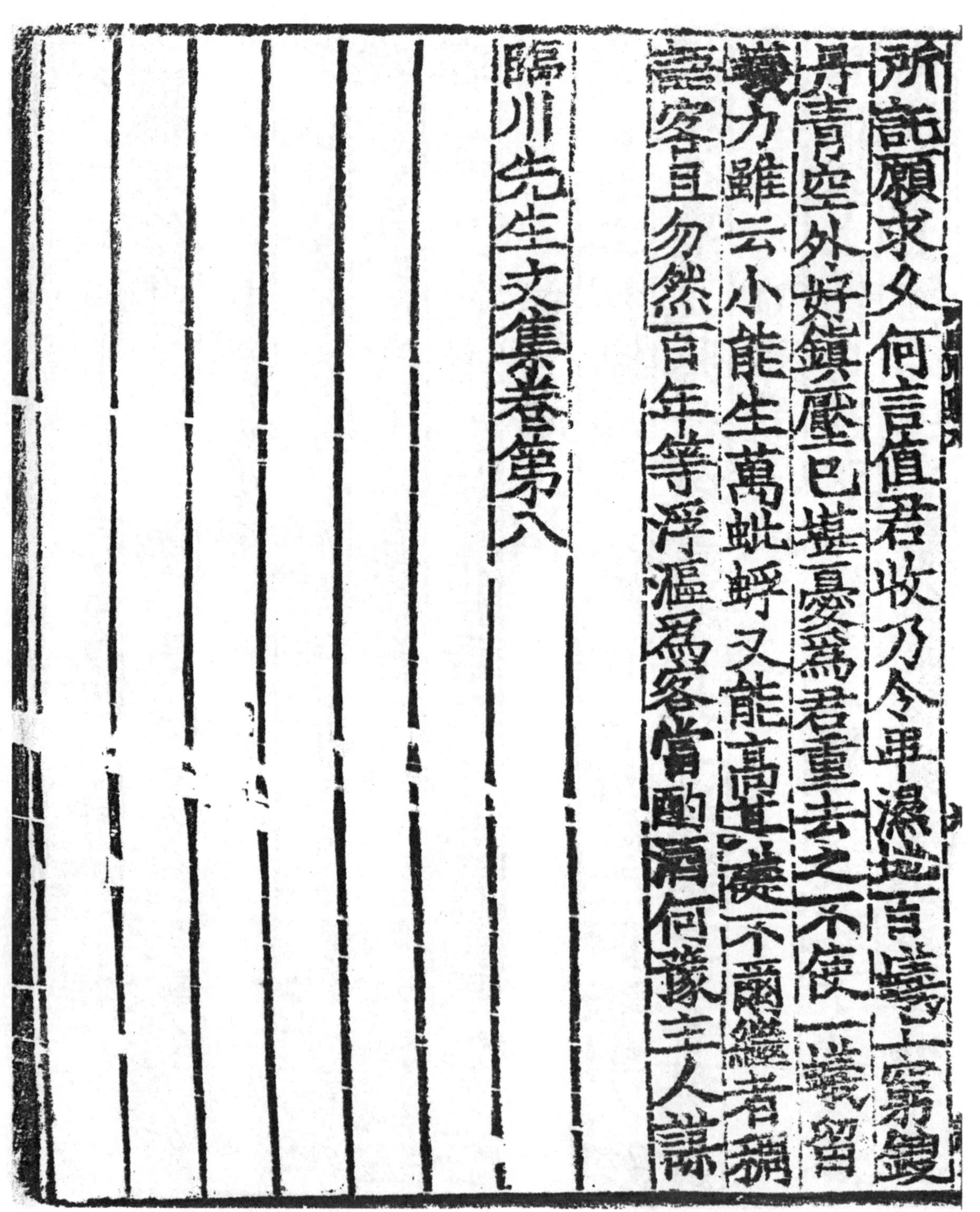

所託願求久何言值君收乃今卑濕地百歲上穿鏤丹青空外好鎮壓已甚憂爲君重去之不使一叢留蟻力雖云小能生萬蚍蜉又能高道讒不爾繼者稠語客且勿然百年等浮漚爲客當酌酒何豫主人謀

臨川先生文集卷第八

臨川先生文集卷第九

古詩

孔子

揚雄二首

漢文帝

秦始皇

韓信

叔孫通

東方朔

揚劉

寂會

田單

送元厚之待制知福州

悼四明杜醇

哭梅聖俞

遊章義寺

飲祈澤寺

答諭新十遠

送文學士倅邛州

送宋中道通判洺州

送張公儀宰安豐

送陳諤

送孫長倩歸輝州

送喬執中秀才歸高郵

雲山詩送正之

孔子

聖人道大能亦博學者所得皆秋毫雖傳古未有孔
子蠛蠓何足知天高淵聖御名魋武叔不量力欲撓一草
搖蟠桃顏回已自不可測至死鑽仰忘身勞

揚雄二首

子雲遊天祿華藻鋭初學覃思晚有得晦顯無適莫
寥寥鄒魯後於此歸先覺豈嘗知符命何苦自投閣
長安諸愚儒操行自爲薄謗嘲出異己傳載因疏略
孟軻勸伐燕伊尹干說亳叩馬觸兵鋒食牛要祿爵
少知羞不爲況彼皆卓犖安肯蔽多聞自古喜穿鑿

子雲平生人莫知，知者乃獨稱辭麗。尊子雲者皆是得，子雲心亦無幾。聖賢樹立自有師，人知不知無以爲。俗人賤今常貴古，子雲今存誰比數。

漢文帝

輕刑死人衆，喪短生者偷。仁孝自此薄，哀哉不能謀。露臺惜百金，灞陵無高丘。淺恩施一時，長患被九州。

秦始皇

天方獵中原，狐兔在所憎。傷哉六孱王，當此鷙鳥膺。搏取已掃地，翰飛尚憑陵。游將跨蓬萊，以海爲丘陵。勒石頌功德，群臣助驕矜。舉世不讀易，但以刑名稱。蚩蚩彼少子，何用辦堅冰。

韓信

韓信寄食常歎欷邂逅漂母能哀憐當時噲等何由伍但有淮陰惡少年誰道蕭曹刀筆吏從容一語知人意壇上立旳大將旗舉軍盡驚王不疑兵半楚羣半涉一作壽兵羣楚濰半步從初龍且聞信怯濰濤天下已贊今談矣亶亦卷益余氣但以怯名終復行羽誰為孔費兩將軍

叔孫通

先生秦博士秦禮頗能熟量主欲有為兩生皆不欲草具一王儀羣豪果知肅黃金既偏賜短衣亦已續儒術自此凋何為反初服

東方朔

[illegible]原狂先生隱賢世上塵等多不可數射覆伎亦無奇[illegible]爵長取汝[illegible]發口空有神以此得親幸賜子丁[illegible]

金玉本光瑩浮沙豈能埋時到一悟主驚動漢庭臣
不肯下兒童敢言誠平津何若夷與惠空復忤時人

禍劉

人各有是非孔範時為患害唯是訐攻譎諫言者得無辱
汾王昔監謗變雅今尚載末俗忌諱繁此理寧復在
南山詠種豆譏言過四罪玄都戲桃花母子受顛沛
疑似已如此況欲譚詩畫事變故不同揚劉可為戒

臧倉

位在萬乘師孟軻猶不遇豈云貪與賤世道非吾趣
意行天下福喜皆由然去命也固有在臧倉彼何真

田單

湣王萬乘齊走死區區燕留單一即墨掃敵如風旋

舞鳥帖不測騰千慈無前飄飄衆毅夫磊砢功名傳
摭薛與劉降論乃愧儒先深誠可奮士主躅豈非賢

戴不勝

昔在宋王所皆非薛居州區區一不勝辛苦亦何求
僕祿詎有恥知命乃無憂此士自可憐能復識此不

陸忠州

虞人以士招御者與射皆當嘗尚羞爲況乃天下士
英英陸忠州學問兼明習但得坎坷勳業終不遂

開元行

君不聞開元盛天子糾合儒傑披姦猾幾年辛苦補
四海始得完好無疽瘡一朝寄託誰家子威福顛倒
那復理那知赤子偏愁毒祇見狂胡倉卒起茫茫孤

行西萬里偶一反歸來竟憂死子孫險不失故物社稷陵夷從此始宮中犬羊著冠蓋廟堂宴得四鄙無豺狼

相送行效張籍

一車南一車北身世忽忽俱有役憶昔論心兩綢繆那知相送不得留但聞馬嘶覺已遠欲望應須上前坂秋風忽起吹泥塵雙目空回不見人

陰漫漫行

愁雲怒風相追逐青山滅沒滄江覆少留燈火就空床更聽波濤圍野屋憶昨踏雪度長安夜宿不留還苦寒誰言當春便妍暖十日八九陰漫漫

一日歸行

寒貧奔走食與衣百日奔走一日歸平生歡意言不盡正欲老大相因依空房蕭瑟施繐帷青燈半夜哭聲稀音容想像今何處地下相逢果是非

沂水

沂水無情日夜流不肯爲我少淹留相逢故人昨夜去不知今日到何州州州州人物不相似處處蟬鳴令客愁可憐南北意不就二十起家今白頭

陰山畫虎圖

陰山健兒鞭鞚急走勢能追北風及逶迤一虎出馬前白羽横穿更人立回旗側戟四邊動抽矢當前放蹄入爪牙蹭蹬不得施噴上流丹看來濕胡天朔漠殺氣高煙雲萬里暗弓刀彎弓盧無工可貌此叢說白

麟丹青包堂上絹素開裂一見猶能動毛髮低回使我思古人此地摶兵走戎羯禽逃獸遁亦藺然昔若封疆今晏眠契丹弋獵漢耕作飛將自老南山邊還能射虎隨少年

杜甫畫像

吾觀少陵詩為與元氣侔力能排天斡九地壯顏毅色不可求浩蕩八極中生物豈不稠醜妍巨細千萬殊竟莫見以何雕鎪惜哉命之窮顛倒不見收青衫老更斥餓走半九州瘦妻僵前子仆後攘攘盜賊森戈矛吟哦當此時不廢朝廷憂常願天子聖大臣各伊周寧令吾廬獨破受凍死不忍四海寒颼颼傷屯悼屈止一身嗟時之人死所羞所以見公畫再拜涕

泗流惟公之心古亦少願趂公死從之游

吳長文新得顔公壞碑

魯公之書既絶倫歲久更爲時所珍荒壇壞冢窮蒼
崖剝落風雨堙墁塵斷碑數尺誰所得縣畫入紙亨
[illegible]新延陵公子好事者拓取持寄情相親六書篆籀
數變改訓詁後世多失眞誰初妄鑿妍與醜坐使學
士勞骸筋堂堂魯公勇且仁出遇世難親經綸揮毫
卓犖文驚俗豈亦以此誇常民但疑技巧有天得不
必強勉方通神詩歌甘棠美召伯愛惜蔽芾由思人
時危忠誼常恨少寶此勿復令堙塵

答揚州劉原甫（聞君古人風更欲投吾簪）

少食苦不足一官聊自謀爲告驍夏拙懷祿尚丞

罷勉詎有補強顏已衆嘉謂我言入風知君以相可
君實高世才主恩正綢繆奇矣哀此民華髮寧易哉

寄鄂州張使君

昔人寧飲建業水共道不食武昌魚公來建業每自
如亦復不厭武昌居武昌山川今可憶綠水逶迤遶
春蒼白鷗晴飛隨兩槳岸蘼葺葺躍魚鱗鱗投老留還
眉上塵思公一語何由往

送元厚之待制知福州

海隅山谷閒人物最多廁平旦息相吹遺城點如霧
閩王舊宮室丹漆美無度今爲大節府千里來趨愬
元侯文章翁勇更以吏能著義我中天閣鳴王蕭改步
銜詔出剖符嶺方爲遠人慕旌旗禱流水冠蓋負門駐

四坐共咨嗟疑侯不當去張仲稱孝友益令民正朱助名臧筆云案行矣未宜遽

悼四明杜醇

杜生四五十孝友稱鄉里隱約不外求耕桑有妻子藝芟牧鷄豚筒鈎魴鯉歲時沽酒歸亦不乏甘旨天涯一杯飯夙昔相逢喜談辭足詩書篇詠又清泚都城問越客安否常在耳日月未渠央如何棄予死古風久凋零好學少為己悲哉四明山此士今已矣

哭梅聖俞

詩行於世先春秋國風變衰始柏舟文辭感激多所憂律呂尚可諧鳴球先王澤竭士已偷紛紛作者始可羞其聲與節急以浮真人當天施再流篤生梅公

應時求頌歌文武功業優經奇緯麗散九州衆賞少
饒老則不剩獨平音不能作精無采義人名道貴人
憐公青兩眸吹噓可使高拳樓坐令隱約不見收
能乞錢助饘鬻疑此有物司諸幽複棲孔孟葬骨鄉
後始卓犖稱軻丘聖賢與命禎楯矛勢欲難達識羆
由詩人況文多窮愁李杜亦不爲公侯公覺窮既以
身投坎轗坐老當誰亢吁嗟嗟即非善謀虎豹譬究
皮綜罟瓢然載喪下陰溝粉書軸編懸無旒高堂奠
豎哀白頭東望使我商聲謳

遊意義寺

先臣意義寺倦遊因解鑣拂榻寄午夢起尋先迹樹
巖蔚鳥戀迹悲鳴喈一囑歎言與僧期於此共葦鄰

斬岱八九峎窻壁具一朝伏檻何所見蒼蒼圖寂寞巖谷寒更靜水泉清不搖安得看葦馬尚無為與撻神護真觀復心明衆塵消陰嶺有嘉客儻來不須招

飯新犀寺

駕言東南遊午飯投僧館山白梅蘂長林青柳芽短岑簷沙際來略彴參間斷春映一川明雪消千壑漫魚隨竹影浮鳥誤人聲散訖物豈能留于時吾自懶

荅瑞新十遠

遠來悠然碧君遠山天際蒼中有山水人寄我十遠章我時在高樓徙倚觀八荒亦復有遠意千載不相忘

送文學士倅邛州

文翁盛治蜀蜀士知文章司馬唱成都歸音得同王揚

犖犖漢守孫千秋起相望操筆賦上林脫巾選爲郎
讎書天祿閣奇字校偏傍忽棄駟馬車牛酒過故鄉
時平無諭檄不訪碧雞祥問君行何爲關隴正繁霜
中和助宣布循吏綴前芳豈特爲親榮區區令一方

送宋中道倅洺州

漳水不灌鄴不知幾何時後世有史起乃能爲可爲
余嘗憐洺民舄鹵半不治頗覺漳可引但爲談者嗤
高議不同俗功成人始思夫子到官日勿忘吾此詩

送張公儀宰安豐

楚客來時鴈爲伴歸期秪待春冰泮鴈飛南北三兩
回回首湖山空夢亂秘書一官聊自慰安豐百里誰
復歎揚鞭去去及芳時壽酒千觴花爛熳

送陳諤

有司昔者患不公翻名謄書今故密論才相若子獨棄外物有命負難必鄉閭孝友莫如子我願卜隣非一日朱門弈弈行多慚歸矣無為惡蓬蓽

送孫長倩歸輝州

溪澗得雨潦奔溢不可航江海收百川浩浩誰能量溪澗之日短江海之日長願生畜道德江海以自方

送喬執中秀才歸高郵

薄飯午不羨空爐夜無炭窗小寥日避席烈烈風欺慢謂予勿惡此何為向予歎比年客塞壁沙無婦助親爨寒暄慰白首我窮纔將冠迢迢迴歲又晚想見淮湖漫昔人一日養不以三公換田園在勤力且欲歸鋤灌

行矣子誠然光陰赤宜亟負米力有餘能無讀書佯

雲山詩送正之

雲山參差碧相圍溪水詰曲帶城陴溪窮壤斷至者誰予獨與子相諧淵山城之西鼓吹悲水風蕭蕭不蒲旗子今去此來無時予有不可誰予規

臨川先生文集卷第九

臨川先生文集卷第十

古詩

和甫如京師微之置酒

別孫莘老

寄丁中允寶臣

示平甫弟

憶北山送勝上人

相國寺啓同天節道場行香院觀戲者

馬上轉韻

乙巳九月登冶城作

過劉貢甫

估玊

信都公家白兔

車螯二首

與平甫同賦槐

甘棠梨

獨山梅花

同昌叔賦鴈奴

老樹

賦棗得燭字

飛鴈

寓言九首

舟中讀書

和王樂道讀進士試卷

自訟

彼狂

衆人

和甫如京師徵之置酒

季子將北征貂裘解其臯使君擁鳴騶出餞載酒醪作詩寵行色坐客多賢豪信知大夫才能賦在登高陟岵憂未已嗟歌反哀號問言歸何時去此苦風饕川塗良阻脩箠轡慎所操黃屋朝蒼聖萬靈歸一陶翦薦及疏賤拔取皆時髦往者吾有命司辟州縣勞

別孫莘老

逢原未熟我已與子相知自言得逢原知子更不疑握手湖上舟望子欲歸時茫然乃分散獨逕青東南馳

寒寒西城居邂逅與予期鷄鳴入省門朱墨來紛披
含意不自得論議聊爾爲會合常在夜青燈照書詩
往往並衾語至明不言疲忽忽捨我去使我嗟後誰
送子不出門我身方羈縻我心得自如今與子相隨
驅子至湖上逢原新嘗嬉想見舊業盡北風卷寒漪
邑懷今日愁更念昔日悲相逢亦何言但有鐘于辭

寄丁中允寶臣

人生九州間泛泛水中木漂浮隨風波邂逅得相儔
貽我與夫子得官同一州相逢皆偶然情義乃綢繆
我於人事疎而子文口鬱磨礱以成我德大不可醻
乖離今六年念子未嘗許豈不蘄擲逢但得頃刻留
歡言不滿願長年抱眶憂又有所思千里駕車牛

所何咫尺間而不與子遊顧惜五斗米無異自拘囚
念欲乘落者心纏兩慙羞剡山碧榛榛剡水日夜流
山行昔無巘水滅亦可舟使君子所善來擬自可求
何時子來意待子南山頭

示平甫弟

汴渠西受崑崙水五月奔湍射黃矢高淮夜入忽倒
流犄岸相看欲生觜萬檣泥沙竟不動嗟我仲子行
亦止自聞留連且一月每會[illegible]許[illegible]辛里老工取河
天上落伏漈邅沙卷無底土橋立馬望城東歎自知
有相逢喜論隔返照娟娟覘轂池面過雨蘇萱蓋欲發
把手相與閑所願此時無一說豈無他憂能老我付
與天地從今始閉門為謝載酒人外慕紛紛吾已矣

憶北山送勝上人

蒼蒼羣木江南山，激激流水兩山間。山高水深鳥樂草，馬跡絕人長閑。雲埋樵聲隔葱蒨，月弄鉤影臨潺湲。黃塵蒲眼衣可濯，夢寐惆悵何時還。

相國寺啓同天節道場行香院觀戲者

侏儒戲場中，一貴復一賤。心知本自同，所以無欣怨。

馬上轉韻

三月楊花迷眼白，四月柳條空老碧。年光如水盡東流，風物看看又到秋。人世百年能幾許，何須戚戚長年苦。富貴功名自有時，簞瓢捽茹亦山峰。

乙巳九月登冶城作

歘經鍾山李國知冶城路躋攀經隱木杪謂記曾遊處

紅沉渚上日暮起樵中霧 即事有哀傷山川自如故

過劉貢甫

去年約子遊山陂今者仍為大梁客天旋日月不少留稱意人門寧易得天明徑欲相就語雲雪填城萬家白冬風吹鬢亂馬更驕一出何由問行迹能言奇字世已少終欲追攀豈辭劇挽山鴻寶舊所傳飲我寧辭酒或索吾願與子同醉醒顏狀雖殊心不隔故知今有可憐人回首紛紛斗筲窄

估玉

潼關西山古藍田有氣鬱鬱高拄天雄虹雌霓相盤纏晝且夜不散非雲煙秦人披斤上其巔視氣所出蒼鑱鑱得物盈尺方且堅以斤試叩聲泠然持歸市上

求百錢人皆竦嗟莫愛憐六粱老店閒不眠操金壺來走躡躧滓藏窄包三十年光怪隣里驚相傳欲獻天子無由緣朝廷昨日鐘鼓懸呼工琢圭寶神筵玉粹細鑽不中權貴孫抱物詔使前紅羅覆疊飾紫龍發視紺碧光屬聯詔問與價當幾千衆工讓已無敢先嗟我豈識真（一作與）全

信都公家白兔

水晶爲宮玉爲田娟娥縞衣洗朱鉛宮中老兔非日浴天使潔白宜嬋娟揚鬚弭足桂樹間桂花如霜同穢飲赤鷺相望窺不得空愁兩瞳射日忽東西跳梁自長天黑橫施亦何有飄然下視四罔繁玄揭紛紛漫回首去安驚鴻壁滌山中入墟莽猶無群司毛

難藏，呆亦得千里。今以窮歸君，空銜險幽不可返。食君庭除嗟亦窘，令予得爲此兔謀。豐草長林且遊衍

車螯二首

車螯肉甚美，由美得烹燔。殼以無味弃，弃之能久存。予嘗憐其肉，柔弱甘咀吞。又嘗怪其殼，有功不見論。醉客快一噉，散投墻壁根。寧能爲收拾，持用訊醫門。

二

車螯肉之弱，恃殼保厥身。自非身有求，不敢微啓脣。尚恐獨者得，泥沙常埋堙。往往湯火間，身盡殼空存。維海錯萬物，口牙且咀吞。爾無如彼何，可畏寧獨人。無爲久自苦，含匿不暴陳。豁然從所如，游蕩四海濱。清波濯其汙，白日曬其昏。死生或有在，豈遽得烹燔

與平甫同賦槐

冰雪泊楚岸萬株同飄零春風都城居初見葉青青歲行如車輪蔭翳忽滿庭秋子今在眼何時動江舲

甘棠梨

甘棠詩所歌自足誇衆果愛其凌秋霜萬玉懸磊砢園夫盛採摘市賈爭包裹車輸動盈箱舟載輙連柁朝分不知數暮在知幾顆但使甘有餘何傷小而橢主人捐千金飣餖留四坐柑橝與橙栗在口亦云可都城紛華地內熱易生火問客當此時燔煩孰如我

獨山梅花

獨山梅花何所似半開半謝荊棘中美人零落依草木志士顛頓守蒿蓬亭亭孤豔帶寒日漠漠遠香隨

野風移栽不得[illegible]欲老回首上林顏色空

同昌甫賦鷹奴

鷹鷹無定棲隨陽以南北嗟哉此爲奴至性能懇惻人將伺其殆奴輒告之亟舉群竄而飛機巧無所得夜或以火取奴鳴火因匿頻驚莫我捕顧謂奴不直嗷嗷身百憂泯泯衆一息相隨入矰繳豈不聽者惑偷安與受給自古有亡國君看鷹奴禍福甚明白

老樹

去年北風吹瓦裂墻頭老樹凍欲折蒼葉蔽屈忽扶疎野禽從此相與居禽鳴無時不可數雌雄各自應律呂我牀撥書當午眠能驚我眠聒我語古詩鳥鳴山更幽我念不若鳴聲收但憂此物一朝去狂風還

來歎老樹

賦棗 得燭字

種桃昔所傳種棗予所欲在實為美果論材又良木餘甘入鄰家尚得饞婦逐況余秋盤中快噉取饜足風包墮朱繒日顆皺紅玉贄享古已然豳詩自宜録紆懷青齊間萬樹蔭平陸誰云食之昏匿知乃成俗廣庭觴聖壽以此參肴蔌願比赤心投皇明儻予燭

飛鴈

鴈飛冥冥時下泊稻粱雖少江湖樂人生何必慕輕肥辛苦將身到沙漠漢時蘇武與張騫萬里生還值偶然丈夫許國當如此男子辭親亦可憐

寓言九首

詵詵古之士出必見禮樂群游與群飲仁義持揖攘心疲歌舞亮耳聽笑益讙所以後世賢絕俗乃爲學

二

不得君子居而與小人游疵瑕不相摩况乃禍釁稠高語不敢出鄙辭强顔酧始云避世患自覺日已偷知無一齊人以萬楚人咻云復學齊言定復不可求仁義多在野欲從苦淹留不悲道難行所悲累身修

三

周公歌七月耕稼乃王術宣王追祖宗考牧與宮室甘棠能聽訟召伯聖人匹後生論常高於世復何實

四

婚喪親不供賓錢免爾業耕收執不給償畀助之生

物意願我收之物害出使管後世不務此臣民甚紊弃

五

正覺業萬世經營豈非艱其子一擄之宗廟能參尊
開基始聽明一倩葬西山功高後毀易德薄人存難

六

言失於須臾百世不可除行失几席間惡名滿八區
百年養不足一日毀有餘諒彼恥不仁戒哉惟厥初

七

鐘鼓非樂本本末猶相因仁聲入人深孟子言之諄
如何正聲君徑古同隋陳風俗不粹美惜哉世無臣
遊餘曆澀濁帖戲謔江湄風濤助翻騰網罟不敢窺

芙芳洲渚間蟋蟀鳴其濱物亦吾易窮一窮無所歸

九

猛虎卧草間群鳥從噪之萬物忌強梁寧獨以其私
虎終機械得鳥亦彈丸隨山雞不忤物然與鳳凰朝

舟中讀書

冉冉木葉下蕭蕭山木秋浮雲帶田野落日抱汀洲
歸卧無與語出門何所求未能忘感慨聊以古人謀

和王樂道讀進士試卷

文章始隋唐進取歸一律安知鴻都事竟用程人物
變今嗟未能於已空自出流波亦已漫高論常見屈
故今倫儒士往往棄遠識皐陶叙九德固有知人術
聖世欲兼為徐觀異人出

自訟

孔子見南子子路爲不怡欲從公山氏勃鬱見色辭
道知天之蒼蒼萬物不能繼歸于蜀不信既余之才資
明知古人仁壽黙各有壽苟出不自慎果爲驗著疑
白圭尚有磨駟馬猶能追一言或不審難悔欲何爲

彼往

上古杳默無人聲日月不忒山川平人與鳥獸相隨
行祖孫一死十百生萬物不給乃相兵伏羲畫法作
後稷漁虫獵獸覓稱爭勢不得已嘗經營非以示世
爲聰明方分類別物有名尊賢尚功列耻榮辱傳曰
巧雕元精至言一出衆輒驚上智閑匿不敢戍因時
就俗教刖黥懦截彼狂以文鳴强取色樂要聲音雲

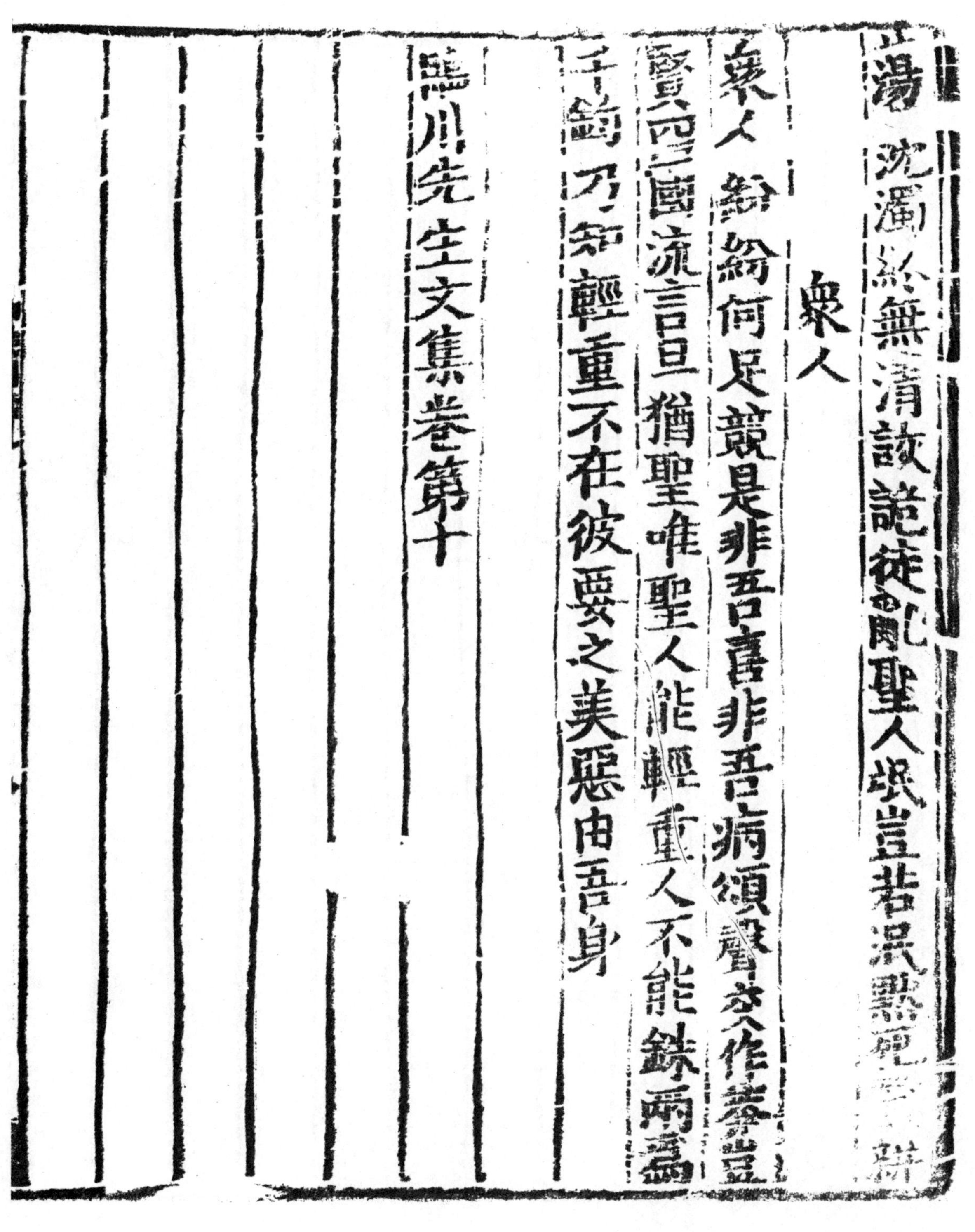

湯沉濁紛無清詖詭徒亂聖人與豈若淵默[illegible][illegible]耕

衆人

衆人紛紛何足競是非吾喜非吾病頌聲交作莽豈賢四國流言旦猶聖唯聖人能輕重人不能銖兩爲千鈞乃知輕重不在彼要之美惡由吾身

臨川先生文集卷第十

臨川先生文集卷第十

古詩

飲裴侯家

送謝師宰赴任楚州二首

次韻遊山門寺望文脊山

車鰲

齊

寄題郢州白雪樓

折楊黃華笑者多陽春白雪和者少知音四海無幾人況乃區區郢中小千載相傳始欲慕一時獨唱誰能曉古心以此分冥冥俚耳至今徒擾擾朱樓遶危何年有榜構適空欲驚矯郢人爛漫爭浮雲罪安參差躡飛鳥丘墟餘響難尋得欄檻並名復誰表我來欲歌聲更吞石城冥・江暮雲繞

聖俞爲狄梁公孫作詩要予同作

虎豹不食子鴟梟不乘雄人惡甚鳥獸吾能與成功
愛育以計留去有勢不容喜謀適合意變亦留姦鋒
詩恩淪九泉褒取異代忠堂堂社稷臣邁世孰如公
空侯苗裔孫稱揚得詩翁一讀亦使我慨然想餘風

蒙亭

隱者委所遇在物無不足山林與城市語道歸一轂
詩人論巨細此指尚局束頗知區區者自昇忽所欲
孰識古之人超然遺耳目豈於喧與靜趣舍有偏獨
命亭今何爲似乃畏驚俗至意不標揭小名聊自屬
夏風簷楹寒冬雪隱戶牖春變亂梅柳秋徑深松菊
壺觴日笑傲裾屐相追逐此樂已難言持琴作新曲

和王樂道烘蝨

秋暑汗流如炙輠敝衣濕蒸塵垢涴施施衆蝨當此時擇肉甘於虎狼饑咀嚙侵膚未云已爬搔次骨終無那時時對客輒自捫千百所除纔幾箇皮毛得氣強復活爪甲流丹眞暫破未能湯沐取一空且以火攻令少挫踞爐熾炭已不暇對竈張衣誠未過飄零乍若蛾赴燈驚擾端如蟻旋磨欲毆一自惡死焦灼肯貸一凶生棄播已觀細黠無所容未放老姦終不墮然臍郿塢惡溢世焚寶鹿臺身易貸冢中燎入化秦屍池上燃隨遷葬坐後皆勢極就煙埃況汝命輕侔湯嗟逃藏壞絮尚欲索埋沒死灰誰復課（一本無此八句）熏心得禍爾莫悔爛額收功吾可賀猶殘衆蟣恨未除

自計寧能久安臥

賀聖俞農具詩十五首

田廬

田父結田廬取容一身息呼兒取茅竹不借鄰人力
起行廬旁朝歸臥廬下夕悠悠各有願勿笑田廬窄

樵斧

百金聚一冶所賦以所遭此豈異鏌鋣奈何獨當樵
朝出在人手暮歸在人腰用捨各有時此心兩無邀

耕牛

朝耕草茫茫暮耕水潏潏朝耕及露下暮耕連月出
身無一毛利主有千箱實睆彼天上星空名豈余匹

水車

取車當要津，膏潤及遠野。與天常斡旋，如雨自潨瀉。置心亦何有，在物偶相假。此理乃可言，安得圓機者。

牧笛

綠草無端倪，牛羊在平地。芊綿杳靄間，落日一横吹。超遥送逸響，澹漫寫真意。豈比賣餳人，吹簫販童稚。

颺扇

精良止如留，疏惡去如擯。如擯非爾憎，如留豈吾吝。無心以擇物，誰喜亦誰慍。翁乎勤簸颺，可使糠粃盡。

田漏

占星昏曉中，寒暑已不疑。田家更置漏，寸晷亦欲知。汗與水俱滴，身隨陰屢移。誰當哀此勞，往往奪其時。

牛衣

百獸冬自暖獨牛非氄毛無衣與卒歲坐恐得空牢
主人覆護恩豈啻一綈袍問爾何以報離離滿東皋

耬種

富家種論石貧家種論斗富貧同一時傾瀉應心手
行看萬壟空坐使千箱有利物博如此何慙在牛後

耒耜

耒耜見於易聖人取風雷不有仁智兼利端誰與開
神農后稷死般爾相尋來山林盡百巧揉斲無良材

錢鎛

於易見耒耜於詩聞錢鎛百工聖人為此最功不薄
欲收禾黍善先去蒿萊惡願同欹器悟更使臣工作

耰耡

□以爲曲揉木以爲直直曲相發先心之益不得
揉人望屋食以此當金韮君勿易擾擾掤擾掤騰縫鏑

襏襫

乎采霜露下披披煙雨中芒屩者以爲友裋褐裋與同
勿嫌市門人綺紈被奴僮皆由邊城戍擐甲征者冬

臺笠 史記臺隱 臺笠注

斷有春雨濡秋有秋陽暴二物應時須九州同我服
欲爲生少慕得此自云足君思周伯陽所願豈盡歐

鞀鼓

逢逢戲場聲壤壤戰時伍日落牛羊下田家亦喜鼓
問見今壟上聽此何莽莽四非自應音縣州鬪看歌舞

次韻酬纖之贈淞紙并詩

徵之出守秋浦時椎冰看擣萬穀皮波工龜手咤今
樣魚網肯數荊州池霜紈雪色賈不售虹玉更氣山
無輝方舩襲藏獻天子萬價徐取供吾家十年零落
尚百一持以贈我隨清詩豈寧文嘗可金貴比方執賜
筆磨瑚螭當留此物朝上國日侍　帝側書蘇儀一个
然名山副史奎褒拔元凱誇窮奇吝予文章非世用
書豈鏤空兩摩冰脂擢毫寸足記姓字寧講學文卒從師
宜急急默汗亦何忍嘉貺但覺慚為辭篇終有意責
難壁窮國恐誤連城歸傾囊倒篋聊一報要敢坐以
嘉為嗤

酬沖卿月晦夜有感

夜雲不見天況乃星與月蕭蕭宿塵走坎坎寒更發

撥歌客尚飲醉面不畏雲卷哭識有人鄰風吹幽咽
紛然各所遇悲喜孰優劣君方感莊周浩蕩簪韋綫
歸來亦置酒玉指調絃撥獨我坐無爲青燈對明滅

送子思兒參惠州軍

法法曲江水天借九秋色樓臺飛半空秀氣盤韶石
載酒填豊閒吹花換朝夕朱笙簫震河漢錦繡爛冠蓋
地靈瘴癘絕人物傾南極元朝有名臣卧理訟簡息
稍稍延諸生談笑與賓客十年適夢年謁入文處學
寂寥九齡後此獨望一國朱吳觀禮丁池韓愈信道德
孫岩鎮頹波俗流幸易識我方文藻出旋逐旌旗蹟
去思今豈忘耳目熟遺迹更含勞勤言俛仰聞幸隅
嘗時府中見侵尋鬢眉邊白早惟雒書言不善真饑迫

謂宜門闌生官路久烜赫柰何猶差池更着老掾缺
驥攜千里蹄鵬墮九霄翮人生無巧愚天運有通塞
試觀騏驥人意氣宇宙窄然輦上路塵辱與山積
優游祿仕間較計誰失得誤君強咸歌陟岵翻感激

去董伯謚歸言燕

我來以喪歸君至因謫從若倉黃憂患中邂逅遇於此
去年服初除聽戲相勸吾看君數歸月但屈兩三指
超然冬更秋一笑非願始釣盆與楊柳下明月共淒求
僅饑屢闚門客罷方隱几是非評衆詩成敗斷前史
時時對奕石漫浪争生死竝遊皆幅巾市設食但陳羹
郊肯戲爲章揮翰蔑舊閣合君高寮主有餘我老態先止
故鄉臨西南望長千嵗欲斷三歎囊於焉寄幾

纔過許後日唱和猶在耳新因心忽惜哉欲悵生夜已江湖北風帆換棹即千里相逢知何時莫惜纔與敍

八月十九日試院夢沖卿

空庭得秋長漫漫寒露入暮愁漫單喧喧人語已成市白日未到扶桑間永懷所好卻成夢玉色髣髴開心顏逆知後應不復隔談笑明月相與閑

平甫歸飲

無田士相帀亦以廢蕪樂我官雖在朝得飲乃不數詩書向牆戶賓至無杯杓空敢上古言壽之等糟粕有如揚子雲歲晚天祿閣但無載酒人識字真未博叔兮歸自東一笑堂上酌緒餘不及客見女聊相酢高談非世歡自慰亦不惡寄言鑿亦華子此趣由來各

答陳正叔

天馬志萬里，駑驪盈不如閑。壯士圖局束，不如之字[illegible]
剩行有阨礙，勢涉無怡濁明明。千年羞促促，一[illegible]
毀肯避此世，引身取至寬。超然子有意，爲我歌[illegible]
予方慕孔氏，委吏以盤[illegible]得失未云殊，聊各[illegible]所

定

過食新城藕

他年過食新城藕，抗籍舫中與親友。今年卻到經行處，獨坐昏煙對舞斿。甘酸向[illegible]無所適，空落盤餐異[illegible]。博酒沐房至節，漫自好欲御[illegible]。遂休滞盃手，曾參官[illegible]。吾嘗近陽城，離別初不久。人[illegible]間此願兩未能，西風[illegible]日望迴首。

明州錢君倚衆樂亭

使君幕府開東部邑向海曲人知慕艤船談笑政即成洗滌山川作嘉趣一泉浩蕩銀河注想見明星弄機杼戴沙築成天上路投虹為橋取孤嶼掃除荊棘水中央碧瓦朱甍臨指顧春風蕩城金版舫來看置酒新亭上百妓吹笙竽鸞鳳悲一夫伐鼓靈鼉壯安期羨門相與遊方丈蓬萊不更求酒酣忽跨鯨魚去遺跡空令此地留

愛日

鷹生陰沙春冬息陽[illegible]海濛冥冥取南北豈以食為累咨予愁病軀朴鄙人[illegible]所戲無亨淪時難量力當自棄豈知塞上霜飄然亦[illegible]問享高堂已白髮愛日負畏義

悲風吹平原秣馬聊一憩含懷孰與語俯仰思嘆喟
孟母知身從荻妻恥入制一肉儻易謀萬鍾非得計

答裴煜道中見寄

君游苦數歸苦晚一睽千險有千里遠知君陟岸昃暑
闘馬力不動厭長坂兩脚墜地花枝低風頭入溪蕭瀟
羣不惜此處登臨不奈愁瓊樹森森遠疊巘

餘寒

餘寒駕春風入我征衣裳捫鬚得凍蘂面尚疑劍
士耳恐猶墜馬毛欲吹僵牢持有失箸疾飲無留湯
曈曈扶桑日出有萬里光可憐當此時不濕地上霜
冥冥鴻鴈飛北望去成行誰言有百鳥此鳥知陰陽
豈時有必至前識聖所臧把酒謝高翰我知思故鄉

孤城

孤城回望首一作距幾何，記得好處常經過。最思東山煙樹色，更憶南湖秋水波。百年顛倒一作三年飄忽如夢寐，萬事乖隔一作萬事感激徒悲歌。應須飲酒不復道，今夜江頭明月多。

和微之藥名勸酒

赤車使者錦帳郎，從容一作詞馬留閒坊。紫芝眉宇傾一坐，笑語但聞雞舌香。藥名勸酒詩實好，蘆薈爲裘書數行。真珠的皪鳴槽滴，入金罌琥珀正可嘗。更吾子細看淙光，莫惜覓醉衣淋浪。獨醒至死誠可傷，歡華易盡悲酸早。人間沒藥能醫貴老，寄言歌管衆少年，莫烏頭奈白髮。

客至當飲酒二首

結屋在牆陰閉門讀詩書懷我平生友山水異秦吳杖藜出柴荊豈無馬與車窮通適異趣談笑不相愉豈復求古人浩蕩與之俱客至當飲酒日月無根株

二

天提兩輪光環我屋角走自從紅顏時照我至白首纍纍地上土往往平生友少年所種樹礧砢行復朽古人有真意獨在無如醜冥冥誰與論客至當飲酒

乙未冬婦子病至春不已

天旋無窮走日月青友能禁樂回首見帝婦嘆冬復春強欲與歌難發口並卷幽尋非貴嗜義薪穩卧雖人生有二物長乘亦可避附一生所得猶多苟

強起

寒堂耿不寐轣轆聞車聲不知誰家兒先我霜中行歎息夜未央遽呼置前燈推枕欲整起問知是一更昧旦聖所勉齊詩有雞鳴嗟予以竊食更覺負平生

飲裴侯家

裴侯飲我日向中四坐賓客顏皆紅掃除高館邀參入自出糴麥憐民窮今眞邊眼刀豪萬里天參宜具山四起野心擇尋殊未已更欲渦亭北嶼忽見碧巖間纓桃懸下馬恣食不論錢亦是吾鄉落入我眼恐是半生醉遊青天裴侯方坐塵涉眞衰復身裁物當近我曾偶然簿領閒何忍愛惜一日閑且歸攜席能照蟲頭且更看滁南山

送謝師宰赴任楚州

珠玉不自貴故爲人所憐賢愚亦如此好惡有合音葵
聞子欲東南使我抱幽情炎風沙土中昔與子留連
大梁非無客曉起寢食眠相看獨不厭以此知子義
衰氣已難強壯心方少年才高豈易得勗子孟晚節

二

昆崙一支流向東七月八月船如屋愛君少壯此行
樂恨我留連成老翁神頭兩岸水無窮伏檻荷花滿
地紅當時不得君攜手今日山川在眼中

次韻遊山門寺望文脊山

宣城百山開文脊尤奇峯拔出飛鳥上圖畫難爲工今
聞昔有幽人祠蕪雜追亦鬱遺形此古寺三孤迹塵歲久

人去邈不反洞壑空藏龍側行蒼崖煙俯仰求靈蹤遊者追可得甘棄萬户封安能久塵土傾倒相迎逢

車螯

海於天地間萬物無不容車螯亦其一埋没沙水中獨取常苦易衞生乏明聰機緘誰使然含蓄略相同坐欲腸胃得要令湯火攻置之先生盤嚼客爲一空鑾夏怪四坐不論殼之功狼籍堆左右棄置任兒童何當强收拾持問大醫工

疥

浮陽燥欲出陰濕與之戰燥濕相留連蟲出乃投間搔膚血至股解衣燎鑪炭方其愜心時更自無可患呼醫急治之莫惜千金散有藥即有苦愜心非所願

臨川先生文集卷第十一

臨川先生文集卷第十二

古詩

有感

送孫叔康赴御史府

別馬祕丞

到郡與同官飲

追送朱氏女弟宿木瘤僧舍

招同官遊東園

九日隨家人遊東山遂遊東園

秋懷

既别羊王二君與同官飲城南

試茗泉

躍馬泉

白紵山

七星硯

九鼎

九井

寄題衆樂亭

書會別亭

題舒州山谷寺石牛洞泉穴

和平甫舟中望九華山二首

楚越千萬山雄奇此山兼盤根雖巨壯其末乃脩纖去縣尚百里側身勇前瞻蕭條煙嵐上縹緲浮青尖徐行稍復逼所矚亦已添精神去疊疊氣象來漸漸卻席取近岸移船傍蒼蒹窺觀坐窮晡未覺晷刻淹江空萬物息四面波瀾恬截然九女鬟爭出一鏡匳

卧送秋月没起看朝陽暹遊氛蕩無餘瑣細得盡覘
陵空翠矗直照影寒鋩銛冢木立紺髮崖林張紫髯
變態生倏忽雖神詎能占當留老吾身少駐誰云餐
惜哉秦漢君黄屋上衡灊等之事嬉遊捨此何其廉
我疑二后荒神物久已厭埋藏在雲霧不欲登昏憸
又疑避褻封蔽匿以爲謙或是古史書脱落簡與籖
當時備巡遊今不在緗縑終南秦之望泰山魯所詹
天王與秩祭俎豆羅醯鹽苟能澤下民維此遂亦沾
方今東南旱土脉爍不黏尚無膚寸功豈免竊食嫌
神恭吾難知士病吾能砭文章巧傳會智術工飛箝
薦寶互珪璧論材自楩柟苟以飾婦妾謬云活蒼黔
豈如幽人樂茲山謝閭閻穴石作戶牖垂泉當門簾

尋奇出後徑覽勝倚巖簷超然往不返舉世徒呫呫
高興寄日月千秋伴烏蟾遐追商洛翁羽秦火不能炎
近慕楚穉生賁脫楚人錯吾意竊所尚人謀諒難僉

誰謂兄華遠吾身未嘗簷唱篇每起予予口妄能箝
憶在秋潦生空江上新蟾光潔寫一鏡迴環兩堤奩
露坐引衣襟風行欹帽簷維舟當此時巨細得盡瞻
試嘗論大略次乃述微纖此山廣以深包蓄萬物兼
噓雲吐霧而生育靡不滿巍然如九皇德澤四溥沾
此山相後先各出群峯尖毅然如九官羅立在堂廉
髮身百尋上附麗無蔑檢此山高且寒五月不覺炎
草樹蔓邑綠米靄尚涵淹頹然如九老白髮連蒼髯

此山嘗無雲秀色鬱以添婉然如九女靚飾當重簾
珮環與巾裾紺玉青紈纖遠之姸西施近或醜無鹽
變態不可窮詩者徒呫呫我初勇一往役豈難安恬
淹荒不走職民瘼嘗誰夜乘離今數旬夢想欲窺覘
自翻得所如何嘗繹因錯念昔太白巔下視海日暹
獨來天柱遊屐齒尚著黏猶之徒飲食屢饗亦云饜
胡爲慕攀躋已憊具不嫌豈其仁智心山水固所潛
男兒有所學進退不在占功名苟不諳廊廟等閭閻
況乃掄椽杙其誰辨楩楠歸歟巖崖居料理帶與籤
得石坐兀兀逢泉飲厭厭取舍斷在獨豈必詢蓍僉
予言實慰我寧殊邑中黔至杖將在山當倚以鼓髯
詩力我已屈鋒鍔[illegible]猶餘扶傷更一戰語汝其無謙

和平甫舅兄春日有感

雪釋沙輕馬蹄疾，北城可游今暇日。濺濺溪谷水亂流，漠漠郊原草爭出。嬌梅過雨吹爛熳，幽鳥迎陽語啾唧。分香欲滿錦樹園，剪綵妝闘寶刀室。胡爲我輩坐自苦，不念茲時去如失。飽聞高逕動車輪，昔卧空堂守經帙。淮蝗蔽天農久餓，越卒圍城盜少逸。至尊深拱罷籥韶，元老相看進刀筆。春風生物尚有意，壯士憂民豈無術。不成歡醉但悲歌，回首功名古難必。

信陵坊有龍山樂官

萬里山林變羽毛，何璀璀鳴聲應律呂。唯言知者愛，都門市井兒誰識汝文采。不應須鎖樊籠，勿受人矰害。

收鹽

州家飛符來比櫛海中收鹽今復密窮囚破屋正嗟
欷吏兵操舟去復出海中諸島古不毛島夷為生今
獨勞不煎海水餓死耳誰肯坐守無亡逃爾來賊盜
往往有劫殺賈客沈其艘一民之生重天下君子忍
與爭秋毫

省兵

有客語省兵兵省非所先方今將不擇獨以兵乘邊
前攻已破散後距方完堅以衆亢彼寡雖危會幸全
將既非其才議又不得專兵少敗孰繼胡來飲秦川
萬一雖不爾省兵當何緣驕惰習已久去歸豈能田
不田亦不桑衣食猶兵然省兵豈無時施置有後前
王功所由起古有七月篇百官勤儉慈勞者已息肩

澇民慕草野歲熟不在天擇將付以職省兵異有年

發廩

先王有經制頒賚上所行後世不復古貧窮主兼并非民獨如此爲國賴以成築臺尊寡婦入粟至公卿我嘗不忍此願見井地平大意苦未就小官苟營營三年佐荒州市有棄餓嬰駕言發富藏云以救鰥惸崎嶇山谷間百室無一盈鄉豪已云然罷弱安可生茲地昔豐實土沃人良耕他州或皆窮貧賁不難評幽詩出周公根本詎宜輕願書七月篇一寤上聰明

感事

賤子昔在野心哀此黔首豐年不飽食水旱尚有雖無剽盜起萬一且不久特愁吏之爲十室灾八九

原田敗粟麥欲訴嗟無賕閽關幸見省笞幷隨直後況是交冬春老弱就僵仆州家閉倉庾縣吏鞭租負鄉鄰銖兩徵坐逮空南畝取貲官一毫姦桀已云富彼昏方怡然自謂民父母朅來佐荒郡懍懍常慚疚昔之心所哀今也執其咎乘田聖所勉況乃余之陋內訟取不勤同憂在僚友

美玉

美玉小瑕疵國工猶珍之大賢小玷缺良交豈其絕小瑕可磨琢小缺可補磨不補亦不磨人爲交工何

寄曾子固

吾少莫與合愛我君爲最君名高山嶽嵑嶭嵩與太低心收惷友以不讓塵壒又如滄江水不逆溝畎澮

君身揭日月遇輒破氛霧我材特窮空無用請倉齊
謂宜從君久垢污得洗汰人生不可必所願在顛沛
乖離五年餘牢落千里外投身落俗穽薄宦自鉗釱
平居每自守高論從誰丐搖搖西南心夢想與君會
思君挾奇璞願售無良儈窮閻抱幽憂凶禍費禳禬
州窮吉士少誰可婿諸妹仍聞恙連月醫藥誰可賴
家貧奉養缺誰與通貨貝詩人刺曹公賢者荷戈祋
奈何遭平時德澤盛汪濊鸞鳳鳴且下萬羽來翽
呦呦林間鹿爭出噬草蘋乃令高世士動輒遭痕纇
人事既難了天理尤茫昧聖賢多如此自古云無奈
周人貴婦女扁鵲名醫帶今世無常勢趨舍唯利害
而君信斯道不悶身窮泰棄捐人間樂濯耳受天籟

詎知安肥甘未肯顧糠糩龍蝸雖蟠屈不慕蚓蟺蜿今人熏感奮意勇忘身蕞何由日覩炙病體同老丈功名未云合歲月尤須惕懷思切勦勃中夜歗霶霈君嘗許過我早晚治車軑山蹊雖峻惡高興發豪邁峯巒碧參差木樹青曨藹桐江路尤駛飛葉下鳴瀨魚村指暮火酒舍瞻晨旆清醪足濟憂玉鱠行可膾行行願無留日夕佇傾蓋會將見顏色不復謀警察延陵古君子譏樂恥言鄶細事豈足論故欲論其大披披發聾聵懷懷見戈銳探深犯嚴壁破惑纖茲繪雖行步荃蘭偶坐陰松檜宵床連衾幬晝食共籩鬻歎歎何時合清瘦見衣帶作詩寄微誠誠語無繚繪

同杜史君石飲城西

山公遊何處白馬鳴翩翩檀欒十畝碧五月浮寒煙留客聽其間風吹江海縣出罇不見日竹外空青天焚蠟助月出酒光發金船狂客惜不去醉翁舞回旋何必吹簫人玉枝自嬋娟歸路借紅燭兩星低馬前

有感

憶昨與胡子戲娛西城幽放斥僕與馬獨身步田疇牛豎歌我旁聽之爲久留一接田父語歎之勝王侯追逐恨不恣暮歸輙懷愁顧常輕千乘秖願足一丘子時恠我少好此寂寞游笙簧不入耳又不甘醪羞那知抱孤傷罷頓不能遒世味已鮮少但餘野心稠乖離今十年斑髮滿我頭昔與亦略盡食眠常百憂每逢佳山水欲往輙復休方壯遂如此况乃高春秋

送孫叔康赴御史府

古人喜經綸萬事慙强聒時來上青冥俛仰但一節危言回丘山聲利盡毫末由來治亂體宿昔心已達肯隨俗好惡議論輕自汝遺風何寥寥夢寐待豪傑天書下東南趣召赴嚴闕長材晦朝倫高行隱家閲新除疇問望宿藴行施設念非吾忘形此理未易說

別馬祕丞

伯夷惡一世季也皆鄉人吾常論夫子有似季之倫人情路萬殊近世頗荆榛唯君遊其間坦坦得所循意君誠愷悌慕向從宿昔柰何初相歡鷁首已云北莓莓郊原青漠漠風雨黑冠蓋滿津亭君今去何適

到郡與同官飲時倅舒州

瀉碧沄沄橫帶郭浮雲靄靄遶連閣草木猶疑夏欝葱風雲已見秋蕭索歌對舞同醉醒衣冠山肴互酬酢自嫌多病少懽欣獨留嘉賓此時樂

自舒州追至宋氏女第憩獨山館宿木窩僧舍明日至安安嶺至皖口

晨霜蔑河梁落日總亭亭阜今設千里行惻惻我心勞攬轡上疊岡下臨百仞濠寒流咽欲絕魚鼇久已逃暮行苦邅迴細路隱荒蓬蒿鷹麏出馬前鳥駭亡其曹投僧避夜雨古藥昏燈青山木鳴四壁疑身在波濤平明長安嶺飛雲忽滿袍天低尋雲深更覺所向高

招同官遊古木園

青青石上蘚至亦一已凋冉冉木中滿前生信無聊

感此歲云晏欲權念[illegible]匪[illegible]我二三子爲回東城鑣黃菊尚可泛取魚繁[illegible]猶條毋爲百年憂一日以逍遙

九日隨家人遊東山遂遊東園

暑往譁囂毒涼歸亦一云暫相隨東山樂及此身無憾聊酌清池[illegible]更伏荒[illegible][illegible]東籬黃金花持一盃爲君泛

秋懷

城南平野寒多露蕙芷含風秋氣變鄰[illegible]識已欲空悲蛩秋蛩促機杼此亦門辛闕掃馬迹獨抱殘編與神遇彝公既云豈能[illegible]孟子有來還不拒

既別辛壬二子君與同官會飲于城南因成

寄用藥名

[illegible]使着白頭翁當歸又見天門冬與山久別悲忽

怨澤瀉半千一夜濛空半王不留行蕈鹽料肉蓯蓉追
路遠臨流黃昏布衣卷玉壺倒盡黃金盈羅列當辭
更纏綣預知子不空青眼嚴徐長卿誤推攬老年揮
翰天子苑送車陸續隨子返坐聽城雞腸宛轉

試茗泉

此泉地何偏陸羽曾未閱坻沙光散射竇乳甘潛洩
靈山不可見嘉草何由啜但有夢中人相隨搗明月

躍馬泉

古木縮蛟螭懵山欲齊泰奠山祇來伐之半嶺蹴齧膝
玉珂鳴塞空組練光照日崩騰赴不測一蹈常萬匹
神戰異人聞千秋爲慘忽泉旁往來客夜寄幽人室
但聽鳴蕭蕭蕭蕭何由見神物

白紵山

白紵衆山頂江湖所縈帶浮雲卷晴明可見九州外肩輿上寒空置酒故人會峯巒張錦繡草木吹竽籟登臨信地險俯仰知天大留歡薄日曉起視飛鳥背殘年苦局束往事嗟摧壞歌舞不可求醻經公亮空在

七星硯

余聞星墮地往往化爲石石上有七星此理余莫測持來當白日光彩不爲匿恍如起鴻蒙俛仰帝垣側當由偶然似見取參筆墨家心蕩珍異共樂以萬金得南工始爲僞傳合巧無際亦晴驚世人故自有能識

九鼎

禹行掘山走百谷蛟龍竄藏魑魅伏心誌幽妖尚覬隙以金鑄鼎空九牧冶雲赤天漲爲黑黼風餘吹山拔木暴欣聚觀變怪豪夜人行歇鬼豈畏功施元元後無極三姓衛守相傳屬弱周無人有寘出沉之九幽拆地軸始皇區區求不得坐令神姦窺邑屋

九井 得盆字

巫崖濤澗三十里高下硻确無人耕捫蘿俛首到山巔卻見吹瀉何崢嶸餘聲投林欲風雨來勢卷土猶溪阬飛轟凌競走獸慄竄雪夏落雷夏鳶野人往往見神物鱗甲濆濆雲隨行我來立久無所得空數石上高鬵生中官繫龍沉玉鱗小吏礫祠流銀觥地形爾藏險怪天意未必司陰晴山川卒理有崩竭豈

占相虛盈誰能保此千世後天長一不前泉常傾

寄題衆樂亭

陵陽遊觀吾所好恨不即過衆樂亭嘗聞昜縣之蒙縣令筆自欲圖丹青千峯秀出百里外忽莫其上崢嶸極朝雲暮靄異日曖曖夜木落澗風冷冷春花窈窕鳥學舞夏木陰鬱稀哀鳴潦收葉落天地爽海月長到山川明藍輿晨出誰與適坐與萬物觀虛盈令忌民事不忍後田間笑語雜蠶耕吏休歸舍獄訟少墟落飲酒歌秋成作愁一日奪令去出來老稚交逢迎被民安知方祿仕徒喜使我寬逋征令 知道義士恭服遺愛豈用吾詩評

書令君[illegible]亭

西城路居人送客西歸處年年借問去何時今[illegible]

舟從此去春風吹花落高枝飛來飛去不自知路[illegible]

行人亦如此應有重來此處時

題舒州山谷寺石牛洞泉穴皇祐三年月十六日

[illegible]之本[illegible]寧題山谷乾元寺宿[illegible]久文欽第[illegible]擁於邊石牛洞見[illegible]之書聽泉[illegible]之明日復遊乃刻[illegible]之後

水泠泠而北出山靡靡而旁圍欲窮源而不得竟

望以空歸

臨川先生文集卷第[illegible]十二

臨川先生文集卷第十三

古詩

吳王獵場

始皇馳道

柘湖

陸瑁養魚池

華亭谷

陸機宅

崑山

三女岡

太白嶺

秃山

贈曾子固

鮑公水

寄李士寧先生

僧德殊水簾

杭州修廣師法喜堂

復至曹娥堰寄丁元珍

答曾子固南豐道中所寄

寄贈胡先生

得子固書因寄

寄虔州江陰二妹

登越州城樓

憶昨詩示諸外弟

泊舟姑蘇

朝遊盤門東暮出閶門西四顧茫無人但見白日低

荒林帶昏煙上有歸鳥啼物皆得所託而我無安棲

崑山慧聚寺次孟郊韻

僧蹊蟠青蒼莓苔上秋牀露翰饑更清風藹遠赤香掃石出古色洗松納空光久遊不忍還迫迮冠蓋場

如歸亭順風

春江竊竊來無地飛帆浩浩窮天際朝出吳川夕雲溪回首喬林吹岸舊柁師高卧自嘯歌戲彼挽舟行復止人生萬事云衍多道路後先能幾何

垂虹亭

三江五湖口地與天不隔日月所蔽虧東西渺然白漫漫浸北斗浩浩浮南極誰投此虹蜺欲濟兩間阨[illegible]霓雜疊氣欄杆相承翼初疑神所爲藏没在頃刻

豈與坐其上數元至于今異猶變化動不謂因人爲
今吾持酒與談笑顧客賦詩九州山物在屋此無幾
熒煌丹沙桂崖梁黄金籬中家不虛始助我資豪殖
噫予獨感此剥爛有終極改作不可無還當賈米氏力

張氏靜居院

動者利進爲靜者樂止居物性有偏人所惟賢時卷舒
張侯始出仕所至多名譽老矣歸偃仰不自逸新營益無
居成爲今名名實與時偕南堂最幽真晨起瞻像圖
北堂書五禽游戲養形軀燕有嘉賓延與子有詩之廬
問侯年幾何矯矯八十餘問侯何能爾心一不藏憂愉
問侯客何爲弦歌飲投壺問侯兒何讀言爲及唐虞
嵩山與門户洛水遶階除侯於山水間結駟有遊衢

我念老退者古多賢人夫曾侯亦養生乃欲凌空虛閉門不飲酒豈異山中臞譚僧稍言客揮金能自娛一介聞言教子孺屋書豈索米張侯能棄京求取勝事古所無要稱有樂否丞相爲之言而我不自量聞風亦歌呼

丙戌五月京師作二首

北風閣雨去不下驚沙蒼茫亂昏曉傳聞城外八九里雹大如拳死飛鳥

二

浮雲離披久不合天日獨行乾萬物誰令吒不開雲滂沱北風蕭蕭寒到骨

答客

士常疑西伯何至羑里厄背解親父子尚爲井求[illegible]

昏主雖聖臣飛禍安可卜致命遂其志雖窮不爲梨

次韻唐彥猷華亭十詠

顧林亭野王所居也

寥寥湖上亭不見野王居平林岂舊物歲晚空扶疏自古聖賢人邑國皆丘墟不朽在名德千秋想其餘

寒穴

神震冽冰霜高穴與雲平空山渟千秋不出嗚咽聲山風吹更寒山月相與清北客不到此如何洗煩醒

吳王獵場

吳王好射虎但射不操戈匹馬掠廣場萬兵助遮羅誰爲事非昔此地桑麻多猛獸亦已盡牛羊在田坡

始皇馳道

穆王得八駿萬里得期修茫茫萬載閒復此好遠游
車輪與馬跡此地亦嘗留想當治道時勞者尸如丘

柘湖 湖中有山生柘故名柘湖証云秦有女入湖爲神今有廟

柘林著湖山菱葉蔓湖濱秦女亦何事能爲此湖神
年年賽雞豚漁子自知津幽妖憑險阻禍福易欺人

陸瑁養魚池

野人非昔人亦復水上居紛紛水中游豈是昔時魚
吹波浮還沒競食糟糠餘吞舟不可見守此歲月除

華亭谷 水行三百里入松江

巨川非一源源亦在衆流此谷乃清淺松江能覆舟
蟲魚何所知上下相沉浮徒嗟大盈北浩浩無春愁
華亭水自大盈入淞江而北入海

陸機宅

故物一已盡，嗟此歲年深。野桃自著花，荒棘自生鍼。芊芊含秋陽，鬱鬱崑山陰。俛仰但如昨，游遨者不可尋。

崑山（出傳陸氏家生機雲故名崑山言生玉也）

玉人生此山，山亦傳此名。崑嵐與江水，清越有餘聲。悲哉世所珍，一出受歎傾。不如鶴與猿，棲息尚全生。

三女岡（吳王葬三女於此）

自古盤上雄，慷慨擅功名。當時豈有力，柰使死者生。三女共一丘，此憾亦難平。音容者有作，無力傾人城。

太白嶺

太白龍巃嵸，東南馳眾嶺。環合青紛披，煙雲厚薄皆可愛。樹石疏密自相宜，陽春已歸鳥語樂，溪水不動魚

行遲生民何由得處所與蔽魚鳥相諧熙

秃山

吏役滄海上瞻山一停舟怪此秃誰使鄉人語其由
一狙山上鳴一狙從之遊相匹乃生子子衆孫還稠
山中草木盛根實始易求攀挽上極高屈曲亦窮幽
衆狙各豐肥山乃盡侵牟攘爭取一飽豈暇議藏收
大狙尚自苦小狙亦已愁稍稍受咋嚙一毛不得留
狙雖巧過人不善操鋤耰所嗜在果穀得之常以偷
嗟此海中山四顧無所投生生未云已歲晚將安謀

贈曾子固

曾子文章衆無有水之江漢星之斗挾才乘氣不媚
柔群兒謗傷均一口吾語群兒勿謗傷豈有曾子終

皇皇借令不幸歲且一死後日猶登[illegible]斑與揚

鮑公水

郡南鮑公山山北鮑公水高穴逗遠源泠泠落山背玉色與飴味不可他味比竹樹四蒙密翠藤相披靡漫郎昔少年幽居得之此臨窺昔有遇愛數無時已滂名不汙滓永矢終焉爾奈何守棄入長安十載風塵化舊顏讙囂滿耳不可洗此水泠泠空在山

寄李士寧先生

樓臺高聳間晴霞松檜陰森夾柳斜渴慹蹔別去年華閣情滿滿傾稻花自嗟一不及門前水流到先生言外家

僧德殊家木蘗求予詠

淙淙萬音落石顛皎皎一派當簷前清風高吹鸞鶴夜白日下照蛟龍涎浮雲耕嶺自能卷鈌月逐鉤相與對朱門試問幽人價翡翠皴綃不直錢

杭州修廣師法喜堂

浮屠之法與世殊洗滌萬事求空虛師心以此不挂物一堂收身自有餘堂陰置石雙嶙峋石腳立竹青扶疎一來已覺肝膽豁況乃宴坐窮朝晡憶初救時勇自許壯大看俗尤崎嶇豐車肥馬載豪傑少得志願多真愛虞始知進退各有理造次未可分賢愚會將築室返耕釣相與此處吟山湖

復至曹娥堰寄剡縣丁元珍

溪水漘漘來自北千山抱水清相射山深水急無艇

子欲從故人安可得故人昔日此水上鐏酒扁舟間
行役津亭把手坐一笑我喜滿罇君動色論新舊
惜哉足落日低徊已催客離心自醉不復飲秋果寒
花空滿席今年却坐相逢處悵悵難求別時適可憐
溪水自南流安得溪船問消息

答曾子固南豐道中所寄

吾子命世豪術學窮無間直意慕聖人不問閔與顏
彼昏何爲者誣謗來嘲顛應逮犯秋陽動爲人所歎
不鄙我窮棄乃嗟天澤慳令人念公卿憐憐邈至艱
伯舜嗣世意狙獪而偏賢愛子所守卓烏子不能攀
承矢從子游合如扉上錄顧言借餘力迎濤躋潺湲
寄有衣上塵可攀禪太山大江秋正清島淑相縈彎

四畔浩無主日暮煙霞斑水竹蜜以動霜楓衰更妍
賞託亦云健行矣非僴關相期東北遊致館淮之彎
蠹爲龍寧贏意發溫還

寄贈胡先生 并序

孔孟去世遠矣信其聖且賢者實讀書焉耳翼之先
生與子並世非若孔孟之遠也聞鄉紳先生所稱述
又洋於耳不待見而後知其人也歡慕之不足故作
是詩

先生天下豪傑士曾聽廣博天所開文章事業垂千秋
主不復躍躍懷興崔十年留滯東南州飽足藜藿安
蒿萊獨鳴道鐵驚此民民之間者源源來高冠大帶
滿門下奮如百蟄乘雲雷聚人沮厥善者起昔時驕

辭今蹇驁回先生不試乃能爾誠令得志如何哉吾觀
聖帝營太平補葺廊廟枝傾頹披榛發纘賓耳目黽
徽山谷多遺材先收先生作梁柱以次掄桷與榱
羣臣面向帝深拱仰戴堂陛方崔嵬

得曾子固書因寄

始吾居揚日重問每見及云將自親側萬里同講習
子行何舒舒吾望已汲汲窮年夢東南顏色不可挹
仁賢豈欺我正恐事維縶豈敢覬飽憂衰生理賴以給
不然航江外天寒北風急無乃山路惡僕瘦馬行澀
孤懷未肯開嘗[illegible]忽如蟄朅來高郵住巷屋頗卑濕
蓬蒿稍芟除茅竹隨補葺苟云禦風氣尚恐憂雨汁
故人莫在眼僂獨開巾笈忠信蓋未見吾敢誣鄉邑

出關誰與語念子百憂集耽聽聊自放日暮城頭立
徐歸坐空户使者操書入晴開識子意如渴得美湆
驛騎日載道王手行可執舊學待鑴磨新文得刪拾
重登城頭望喜氣滿原隰

寄虔州江陰二妹

章水日夜下下與章水期我行二水間無日不爾思
飄若越鳥北心常在南枝又如岐首蛇南北兩欲馳
念昔日已遠百憂詎能追生行苦乖隔邂逅亦何時
之子歸有道善懷見於詩庶云留汝車慰我堂上慈

登越州城樓

越山長青水長白越人長家山水國可憐客子無定
宅一夢三年今復北浮雲縹緲抱城樓東望不見空

回頭人間未有歸耕處早晚重來此地遊

憶昨詩示諸外弟

憶昨此地相逢時春入窮谷多芳菲短垣囷囷冠翠嶺躑躅萬樹紅相圍幽花媚草錯雜出黃蜂白蝶參差飛此時少壯自負恃意氣與日爭光輝乘閑弄筆戲春色脫略不省旁人譏坐欲持此博軒冕肯言孔孟猶寒飢丙子從親走京國浮塵坌並緇人衣明年親作建昌吏四月挽船江上磯端居感慨忽自寤青天閃爍無停暉男兒少壯不樹立挾此窮老將安歸吟哦圖書謝慶弔坐室寂寞生伊威材疎命賤不自揣欲與稷契遐相睎旻天一朝畀以禍先子泯沒予誰依精神流離肝肺絕眥血被面無時晞母兄呱呱

江相守三載厭食鍾山薇屬聞降詔起群彦遂自下國趨王畿刻章琢句獻天子釣取薄禄歡庭闈身着青衫手持版奔走卒歲官淮沂淮沂無山四封庳獨有廟塔尤巍巍時時憑高一悵望想見江南多翠微歸心動蕩不可抑霍若猛吹翻旌旂騰書漕府私自列仁者惻隱從其祈暮春三月亂江水勁櫓健帆如轉機還家上堂拜祖母奉手出涕縱横揮出門信馬向何許城郭宛然相識稀永懷前事不自適却指舊徑排山扉當時髫兒戲我側于今冠佩何頎頎況復丘墳滿秋色蜂蝶摧藏花草腓令人感嗟千萬緒不忍倉卒回驂騑留當開樽強自慰邀子劇飲毋予違

臨川先生文集卷第十三

臨川先生文集卷第十四

律詩五言八句

欣會亭

東皐

歲晚

欹眠

辛山春晚即事

露坐

山行

題寶公塔院祠堂

定林

送張摠赴青州幕

送張宣義之官越幕二首

送贊善張軒民西歸

送鄧監簿南歸

秋夜二首

即事

晝寢

過故居

鴈

與道原過西莊遂遊寶乘二首

送陶氏婦兼寄純甫

自府中歸寄西菴行詳

贈上元宰梁之儀

贈殊勝院筠間道人

懷吳顯道

淨照堂

重遊草堂次韻三首

題齊安寺山亭

自白門歸望定林有寄

宿定林示無外（名[illegible]）

宿北山示[illegible]行詳上人

獨飯

草堂

示耿天騭

光宅

示無外

北山暮　示道人

懷古二首

與寶覺宿精舍

中書偶成

華藏寺會目故人得泳字

求全

秋風

次韻昌叔歲莫

次韻酬昌叔羇旅之作

欣會亭

數家鄰水竹一塢共雲林睬食靜適己獨謠欣會心

移牀隨漫興操筆罷幽尋不覺神俱[illegible][illegible]微[illegible][illegible]斷今

東皐

起坐晴雲徑縱橫踐水陂草長流翠[illegible]花迷送黃鸝

楚製從人笑吴吟得自怡東皐興不淺遊走及芳時

歲晚

月映林塘澹風含笑語凉簷窺憐綠淨小立佇幽香

芳物尋新韵扶藜坐野航延緣久未已賞眺惜殘光

半山春晚即事

春風取花去酬我以清陰翳翳陂路靜交交園屋深

床敷每小息杖屨或幽尋惟有北山鳥經過遺好音

欹眠

簾幙卷東岡欹眠月半林松聲悲永夜荷氣馥初凉

清語非無寄幽期故不忘扁舟亦在眼終自懶衣裳

露坐

露坐看孱月飄然感慶蕭跳散作點金湧合成波老矣芳歲易靜知良夜多陵秋久不寐吾樂豈絃歌

山行

出鳥清淺景歸穿蒼翠陰亞頭均楚製長耳嗣吳吟叢巖已佳色寒泉仍好音誰同此眞意倦鳥亦幽尋

題雰祠堂 在寶公 下孫

斯文實有寄天豈偶生才一日鳳鳥去千秋梁木摧壇留義草根風造暮林哀豈謂登臨處飄然獨倚亭

定林

滯昔遠病齒豈曠息煩襟因脫永集邊屢說數巖上參

假留雲對宿仍借月相尋音樂非無寄悲歡[illegible]

送張惕赴青州幕

人情每歎貧之子適予心老餞城東陌悲分歲暮襟少留斑露草遂往隔雲林未覺青丘遠因風嗣好音

送張宣義之官越幕二首

會稽遊宦鄉海物錯句章土潤筍萌美水甘茶荈香令君誠暫屈他日恐難忘唯有西興渡靈胥或怒張

二

謫謂貴公子乃知寒士家貧[illegible]學敦樸已自勝浮華淵荻藏遙予溪篁禪若耶相望只在眼音問莫言賒

送黄若張軒民西歸

栗剡奮有靈公子數經過邂逅相知晚從容所得多

白髮生暮齒，一笑隔滄波。早曉西州路，遥聽下坂歌。

送鄭監簿南歸

不見驪塘路，茫然四十春。長爲異鄉客，每憶故時人。承閥公三世，雲浮我一身。濠梁送歸處，握手但悲辛。

秋夜二首

客卧書顛倒，蟲鳴坐寂寥。殘燈生暗暈，重露集寒條。真樂閑尤見，深福静更超。此懷無與語，擁鼻一長謡。

二

慢逗長風細，窗留半月斜。浮煙暝緑草，泣露冷黄花。獨與緣雲筆，切尋度水槎。歸時參夜半，鄰犬静中譁。

即事

徑暖草如積，山晴花更繁。縱横一川水，高下數家村靜憩雞鳴午，荒尋犬吠昏。歸來向人說，疑是武陵源。

晝寢（甲子四月十七日午時作）

井逕從蕪漫，青藜亦倦扶。百年唯有且，萬事總無如。弃置蕉中鹿，驅除屋上烏。獨眠怱怱午，往往夢華胥。

過故居

泝杙開新屋，扶輿適故園。事遺心獨寄，路斷目空存。野果寒林寂，巒花午簟溫。難忘舊時處，欲宿愧柴門。

鴈

北去還爲客，南來豈是歸。倦投空渚泊，飢帖冷雲飛。垣柵雞長暖，溝池鶩自肥。憐渠不知此，更墮野人機。

與道原過西莊遂遊寶乘院（元豐四年十月二十四日）

桑楊（一作麻）已零落，藻荇亦（一作復）消沈。園宅在人境，歲

時傷我心强穿西（一作南）埭路共望北山岑欲覓（一作與）道人語跨鞍聊一尋

二

親朋會合少時序感傷多勝踐聊爲樂清談可當歌微風淡水竹淨日暖煙蘿興極猶難盡當如薄暮何

送陶氏婦兼寄純甫

雲結川原暗風連草木萎遥瞻李行役正對女傷悲夢事中千變生涯老百罹更慚無道力臨路涕交頤

自府中歸寄西庵行詳

意衰難自力扶路便思還須徑蕭蕭水遥看慘澹山行尋香草遍歸漾晚雲間西崦分明見幽人不可攀

贈上元宰梁之儀承議（梁彥留詩在江寧館舍）

白下有賢宰能歌如紫芝民欺自不忍縣治本無爲
風月誰同賞江山我亦思粉牆侵醉墨怊悵綠苔滋

贈殊勝院簡道人

早悟耆山義詣今爲洛社豪有生常寂寞所得是風騷
露夕吟逾苦雲收思共高此懷差自適千社一牛毛

懷吳顯道

南郭紅亭冷西山白道曛江光凌翠氣洲色亂黃雲
歲暮誰邀客情親故憶君天涯獨惆悵歸鳥黑紛紛

靜照堂

任公蹲會稽海上得招提淨觀堂新名偁幽尋客屢攜
飛簷出風雨灑翰落虹蜺投老黃塵陌東看路恐迷

重遊草堂次韻三首

垣屋荒葛藟野殿冷檀沈雋有思顯意鷹無戀追心
禪房閉深竹齋鉢度遥岑寂寞黄塵裏金身倚一尋

二

僧殘尚食少佛古但泥多寒守三衣法飢傳一鉢歌
寬閑每迸竹危朽漫牽蘿悵悵庭前栢西來意若何

三

野寺真蘭若山僧老病多踈鍾狹谷響悲梵入樵歌
水駛茅篁竹雲埋蔦女蘿拂塵書所見因得擬陰何

題齋安寺山亭

此山無躑躅故國有楊梅悵望心常折慇懃手自栽
暮年逢火改晴日對花開萬里烏塘路春風自往來

自白門歸望定林有寄

寒廳忽一路余亦倦齋[illegible]不見道人久忽然芳歲遠

隨雲[illegible]出草與鳥事無[illegible]香含青松壑知公在雨間

福寶蔣示蔣外[illegible]同舍房

天女寶林空[illegible]鐵度難來小欲歸今晚晚相陪且徘徊

誰謂衣忘老如聞鐵道衣鉢傳亦不寐共盡白雲杯

宿北山示行詩上人

都城羈旅日獨許上人賢誰爲孤峯下還來宴坐邊

是身猶夢幻何物可攀緣坐對青燈落松風咽夜泉

獨飯

窗明兩不借榻淨一塵遼篠裀裀幽人夢夭夭老者居

安能鬬香積誰可告華音獨飯猶慵轉青氈坐久如

草堂

草堂今寂寞往事翳山椒蕙帳空留鶴蘿衣終換貂生皆墮天衰隱或寄公朝疊潁何勞揔東風去自搖

示耿天騭

挾策不能傷性捐書可盡年放歌無舊習香火有新緣白土長岡路東湖小洞天望公時顧我於此暢幽悁

光宅

今知光宅寺牛首正當門臺殿金碧毀丘墟桑竹繁舊鳥新櫝卧共昔暮鷄翻回首千歲夢兩花何足言

示無外

支頤橫口語鬆髻齒玆鬟莫問誰賓主安知汝舊年鄰雞生午寂幽草弄秋妍却憶東窗算蘿薜故苑緜

北山暮歸示道人

千山復萬山行路有無間花發岸邊繞緑果垂[illegible]
獨尋寒水度欲趁夕陽還天黑月未上兒童初掩關

懷古二首

日密畏前境淵明欣故園那知餓不賜所喜菊猶存
亦有牀座好但無車馬喧誰爲吾侍者稚子候柴門

二

長者一牀室先生三徑園非無飯蒲鉢亦有酒盈撙
不起華邊坐常開柳際門漫知談實相欲辯已忘言

與寶覺宿精舍

擾擾復翩翩秋牀燭屢昏具爲説萬物豈止挨三言
開義曹溪室捐書闕里門若知同二妄目擊道逾存

中書偶成

忽忽余年往茫茫不自知悤悤照清淺邂逅見衰遲輔世無賢業容身有聖時歸歟今可矣何以長人爲

華藏寺會故人得泉字

百憂成阻闊一笑得留連城郭西風裏園林落照前共知官似夢莫負酒如泉與罷童攜手江湖即渺然

求全

求全傷德義欲速累功名玉要藏而待苗非揠故生未妨除出晝何苦急隳成此道今亡矣嗟誰可與明

秋風

摯斂一何饕天機亦自勞牆隈小颭動屋角盛呼號濞濞驚沙窣紛紛斷柳亭江湖豈在眼昨夜夢波濤

次韻昌叔歲暮

城雲漏日曉樹凍裊春深　檐窗魚雖暖巢危鵲更陰
攢風高巘咢殘溜細鳴琴　歲換兒童喜還傷老大心

次韻酬昌叔羈旅之作

君方困於食子亦誤朝簪　自索東方米誰多季子金
高門萬馬散窮巷一燈深　客主竟何寡蕭條梁父吟

臨川先生文集卷第十四

臨川先生文集卷第二十五

律詩

五言八句

次韻唐公三首

烏塘

欲歸

發館陶

王村

長垣北

冬日

壬辰寒食

雨中

宿雨

寄深州晁同年

白雲然師

自白土村入北寺二首

題朱郎中回鄰莊

少教授獨善堂

寄福公道人

身閑

還家

題湯泉壁示諸子有欲闢之之意

和唐公舍人訪禪因

沂溪懷正之

答許秀才

次韻唐公三首

東陽道中

山蔽吳天密，江蟠楚地深。浮雲堆白玉，落日寫黃金。渺渺隨行旅，紛紛換歲陰。強將詩詠物，收拾濟時心。

江行

材非當世用，轂有故人推。使節春冬換，征帆日夜開。南遊更千越，東望得州來。試盡風波惡，生涯亦可哀。

旅思

此身南北老，愁見問征途。地大蟠三楚，天低入五湖。看雲心共遠，步月影同孤。慷慨秋風起，悲歌不為鱸。

烏塘

地僻居人少，山稠伏獸多。怒貍朝搏鴈，饞虎夜窺騾。

籬落生孫竹門庭上女蘿未應悲寂寞六載一經過

欲歸

水漢青天暖沙吹白日陰塞垣春錯莫行路老侵尋

緑稍還幽草紅應動故林留連一盃酒蒲眼欲歸心

發館陶

促轡數殘更似聞雞一鳴春風馬上夢沙路月中行

笳鼓遠多思衣裘寒然輕稍知田父穩燈火閉柴荆

王村

晻靄王村路春風北使旗塵催輕騎走寒咽短簫吹

攬轡聯貂帽投鞭各酒卮紛紛小兒女何事倚牆窺

長垣北

攬轡長垣北貂寒不自持霜風急鼓吹煙月暗旌旗

騎火流星點檣柔亞戰、校柴荆擁春夢誰見我行時

冬日

擾擾今非昔漫漫夜復晨風沙不貸客雲日欲違人散髮愁邊老開顔醉後春轉思江海上一流白綸巾

壬辰寒食

客思似楊柳春風千萬條更傾寒食淚欲漲合城潮巾髮雪爭出鏡顔朱早雕未知軒冕樂但欲老漁樵

雨中

蒭萎擾欲吐已悴菊成漂紫莧凌風倒青苔挾雨驕長歌故有味多難自無聊牢落半剩晚生涯付一瓢

宿雨

綠攬雲、蕪出紅爭暖樹歸魚吹漲水動鳥拂塞垣飛

宿雨驚沙盡晴雲晝漏稀却愁春夢短燈火著征衣

乘日

乘日塞垣入御風塘路歸胡昔羈馬言鴈却背人飛煙火吾鄉似家書驛使稀怒怨照顏色恨不洗征衣

秋露

日月渦何急荒庭露是秋初疑宿雨泣稍怪曉霜稠曠野將馳獵華堂已御裘空令半夜鶴抱此一端愁

還自河北應客

媿客問謡俗舊傳今自如村難知驥馬市羨賽河魚塞水移民久川防動衆初北人雖異論時議或非疎

將次洺州憩漳上

漠漠春風草芊芊綠未齊平田鴉散尋深樹馬迎嘶

地入河流曲，天齊日去低。高城已在眼，聊復解輕齎。

和仲庶夜過新開湖憶沖之仲涂共泛

水遠浮秋色，河空洗夜氣。行隨一明月，坐失兩孤雲。露髮此時濕，風顏何處醺。滄浪各有趣，不必羨三君。白樂天有二賓成孤雲之句

送契丹使還次韻答淨因老

老欲聚吾志，時方撫我華。舉觴慈出塞，空得病還家。日暮山河暖，風含草木華。勝遊思一往，不敢問三車。

送吳叔開南征

舉袂不勝情，扁舟寧孚冰行。倦遊無萬里，惜別有千名。春草凄凄綠，江楓湛湛青。況金陵多麗景，乞去屬蘭成。

遊棲霞庵約平甫至因寄

涉涉林間路蕭蕭物外僧高蔭涼易入閑氣共業曾
管事直傷錦君恩更歎求表曰此山下終欲枕巖登

和棲霞寂照庵僧雲渺平音

蕭然一世外所樂有誰同宴坐能忘老齋蔬不過中
無心為佛事有客問家風笑謂西來意雖空亦不空

宜春苑

宜春舊臺沼日暮一登臨解帶行蒼蘚移簟一作坐
綠陰樹疎啼鳥遠水靜落花深無復增修葺君王惜
費金

春日

冉冉春行暮菲菲物競華鶯猶求舊友燕不背貧家
室有賢人酒門無長者車醉眠聊自適歸夢到天涯

癸卯追感 正月上五事

正月端門夜金輿綵纈中傳觴三鼓罷縱賞萬人同

警蹕聲如在嬉遊事已空但令千載後追詠太平宮

瓊英和沖福觀上

剡剡岡生晚娟娟月上初白沙眠綠藻清浪浴縹魚

竟欲從君飲猶復讀我書斜陽不到處鷗角樹林疏

秋興和淬御

雲浮郭慘漫風起夜颼飀欲作冰霜地先還豆樹秋

狂人肯留怨思歸向碎愁為問隨陽雁哀鳴豈有求

次韻淬御除日立春

猶殘一日臘併見兩年春物以終為始人從故得新

迎陽翦綵守歲夜復錄恩賜隨宜節無功秖自塵

題友人郊居水軒

田中三畝宅水上一亭開爲有漁樵樂非無塵土進嫌樣霞晚釣荷葉卷新醅坐說魚腴美功名挽不來

送賞心亭寄度州兄弟

秀發千峯雲清涵萬里秋滄江天上落明月鏡中流聞者魂俱斷身依影獨留爲聲幽興極不見爾來遊

江亭晚眺

日下崦嵫外秋生沆碭間清江無限好白鳥不勝閑雨過雲收嶺天空月上灣與誰巖侵調角回首六朝山

金山寺

重經高峻寺一與白雲親樹木有春意江山如故人幽軒含氣象影落風塵日莫臨[illegible]欲[illegible]神

揖仙閣

朱閣揖仙子，疏塘臨隱扉。水荒紅四出，山竹翠相圍。雲度疑軿下，鳧驚恐舄飛。蜀轝寧可恃，投釣此忘歸。

舟夜即事

火炬臨遥岸，餘光照客船。水明魚中餌，沙暖鷺忘眠。感槩無窮事，遲回欲曉天。山泉如有意，枕上爲潺湲。

何處難忘酒二首 擬白樂天作

何處難忘酒，英雄失志秋。廟堂生莽卓，巖谷死伊周。賦斂中原困，干戈四海愁。此時無一盞，難遣壯圖休。

二

何處難忘酒，君臣會合時。深堂拱堯舜，密席坐臯夔。和氣襲萬物，歡聲連四夷。此時無一盞，真負鹿鳴詩。

送孫子高

蕩蕩江南客歸恰帶上珍一罇相別酒千里獨歸人
客路貧堪病交情遠更親自憐兒女意先淚滴衣巾

送董傳

悠悠隴頭水日夜向西流行路未云已歸人空復愁
文章合用世顏髮未驚秋一聽秦聲罷還來上國遊

寄深州晁同年十

秀色歸荒隴新聲換亂七日催花戀急雲避雁行高
駐馬差旗暖傳觴鼓吹宜家班春不知負短髮為君搔

白雲然師

白首一山中形骸竊不同菩提庵徑路雲補衲穿空
壟上隨車轍殘年信摧一昏昏若南北應謝此高風

自白土村入北寺二首

木杪田家出城陰野逕分細溜迸水行碧玉畦稼臥黃雲

薄槿烟脂染深荷水麝焚夕陽人不見雞鶩自成群

二

雨過百泉出秋聲連衆山獨尋飛鳥外時渡亂流間

坐石偶成歇看雲相與還一作言須營一畝長此聽潺湲

題朱郎中白都莊

蕭灑桐廬守滄洲寄一廛山光隔釣岸江氣雜炊煙

藜杖聽鳴鵯籃輿看種田時須共理此興在鮑年

史教授獨善堂

湖海十年舊林塘三畝餘非談書隱貧勝置人居

列鼎亦何有幅巾聊自如猶應不獨善學士瀟階除

寄福公道人

帝力護禪林滄洲劍布金地依水月觀門接海潮音
開士但教語遊人多苦吟曾同方丈宿燈火夜沉沉

身閑

身閑宜晚食歲晏忌晨興人自嘲便腹吾方樂曲肱
蟋蟀不去夢魂已無憑寄語中林客思禪病未能

還家

還家豈不樂生事未應閑翻日已復出征鞍方更攀
傷心百道水閑目萬重山何以忘羈旅脩然醉夢間

題湯泉壁示諸子有欲閑之意

吟嘯一水上披寫幾峯間便運非彭澤留名比峴山
昔十人今爲宰家行古原顚平世雖多士寔能易發

和唐公舍人訪淨因

西城方外士傳法自南華高蹈玩一世旁通兼數家來遊仁者渾傳譚正而葩棄興兩時再還能託後車

沂溪懷正之

故人何處所天角浪漫漫嶽貫斷音驛徘徊愁肺肝世情紛可怪旅況浩難安願化東南鵠高飛託羽翰

荅許秀才

高陽有才子皇皇求晨饘所趣少知者其辭多慨然燕喜音謝絕漂母嘗哀憐尚友古之人于今猶壯年

臨川先生文集卷第十五

臨川先生文集卷第十六

律詩 五言八句 五言長篇附

次韻景仁雪霽

次韻范景仁二月五日夜風雪

次韻冲卿過睢陽

荅沖卿

得書知二弟附陳師道舟上沂

初憩和州

癰起舍弟尚未已示道原

送杜十八之廣南

崑山慧聚寺次張祜韻

吴江

遲明

陪友人中秋夕賞月

慎縣修路者

河勢

送河間晁寺丞

暮春

遊北山

吴正仲得故人寄蟹以詩謝之余次其韻

陳師道宰烏程縣

冬至

湯泉

讀鎮南邸報癸未四月作

擬和御製賞花釣魚

和吴沖卿雪霽紫宸朝

和吴沖卿鄉集禧齊祠

送周都官通判湖州

雙廟張巡許遠

和子瞻同王勝之游蔣山

送鄆州知府宋諫議

見遠亭上王郎中

次韻景仁雪霽

新聲生屋霤殘點著垣衣委翳無多在飄零不更飛坳中餘宿潤暖處自朝晞稍見青青色還從柳上歸

次韻范景仁二月五日夜風雪

何知此邂逅，談笑接清揚。對雪知春淺，回燈惜夜長。窓雲通絃晃，殘月墮賓筵。故有臨邛客，抽毫興未忘。

次韻沖卿過睢陽

宮廟此神鄉，留親泊楚艎。天開今壯麗，地積古悲涼。不改山河舊，猶餘草木荒。還聞足賓客，誰是漢鄒陽。

答沖卿

屢作九衢黄，南窻坐正涼。破瓜青玉美，浮蘂白雲香。詩癖猶能強，官閑肯便忘。賢愚各有限，尺寸果誰長。

得書知二弟附陳師道舟上汴

兒童聞太丘，邂逅兩心投。與汝今爲侍，無言不復憂。園桃已解萼，沙水欲驚舟。一見南飛鴈，江邊肯更留。

初憩和州

衣足一囊幣粟餘三公金陳猶依食貧地巳媿省煩人

塵土病催老風波愁過春詩書今在眼還欲詩經綸

瘧起舍弟尚未巳示道原

側足呻吟地連竟瘴瘧秋窮鄉醫自絀小市藥難求

齊膽髮俱破筋骸漫獨瘳憊君遠從我無闊無同憂

送杜十八之廣南

寅南奕海外尋訪又輸君過嶺猿啼曉貪看馬送聽

清談消瘴癘秀句起煙雲及早來鄉薦朝廷尚右文

崑山慧聚寺次張祜韻

峯嶺互出沒江湖相吐吞園林浮海角臺殿擁山根

百里見漁艇萬家藏水村地偏來客少幽興祇參門

吳江

華林昔登臨秋風一散襟地留孤墟小天入五湖深
柑橘無千里魚鰕有萬金吾雖輕范蠡終欲此幽尋

江

靈源開闢有贏縮但相隨逆折山能礙奔流海與期
江沙拆蚌蛤雲雨暗蛟螭欲問深何處馮夷秖自知

江南

江南春起晚秋至尚波濤問舍才能定呼舟已復操
行歌何浩蕩歸夢得蕭騷彝彝欲何補紛紛為此勞

賈生

漢有洛陽子少年明是非所論多感槩自信肯依違
死者若可作今人誰與歸應須蹈東海不但涕沾衣

還自舅家書所感

行行過舅居歸路指親廬日苦樹無賴天空雲自如黄蕉下澤稻緑碎短樊蔬沮溺非吾意嵆阮豈聊駐車

無事

無事一何調論心日已偷尚蒙今士笑宜見古人羞老圃聊須問良田亦欲求非關長數免無責易身謀

寄純甫

塞上無花草飄風急我歸梢林聽瀰落巷上看雲飛想子當紅蘂思家上翠微江寒亦未已好好著春衣

招丁元珍

默默不自得紛紛何所爲書墁聊取食彌較久隨時秋入江湖暗風生草樹悲黄花一盃酒思與故人持

遊杭州聖果寺

登高見山水身在水中央下視樓臺處空多樹木蒼
浮雲連海氣落日動湖光偶坐吹横笛殘聲入富陽

京兆杜嬰大醇能讀書其言近莊其為人
曠達而廉清自託於醫無貴賤請之輒往
卒也以詩二首傷之

蕭瑟野衣巾能忘至老貧避囂依市井蒙垢出埃塵
接物工齊物勞身恥為身傷心宿昔地不復見斯人

二

叔度醫家子君平上肆翁蕭條昨日事髣髴古人風
舊宅雨生菌新阡寒轉蓬存亡誰一問嗟我亦窮空

江上二首

潮連風浩蕩沙引客淹留落日更清坐空江無近舟

共看蕭韋宅聊即稻粱謀未敢嗟艱食凶年半九州

二

書自江邊使鄉鄰病餓稠何言萬里客更作百身憂
補敗今誰郵趨生我自羞西南雙病眼落日倚扁舟

夏夜舟中頗涼因有所感

扁舟畏朝熱望夜倚檣楫日共火雲退風兼水氣涼
未秋輕病骨微曙浣愁腸堅我江湖意滔滔興不忘

孤桐

天質自森森孤高幾百尋陵霄不屈己得地本虛心
歲老根彌壯陽驕葉更陰明時思解慍願斲五絃琴

遲明

欹枕諳無情遽遽獨遲明霜繁紅樹老雲月[illegible][illegible]清

倦鵲猶三帀，寒雞未一鳴。故山何處所，應有曉猿驚。

陪友人中秋夕賞月

海霧看如洗，秋陽望却昏。光明疑不夜，清瑩欲無坤。掃掠風前坐，留連露下樽。苦吟應到曉，況有我思存。

慎縣修路者

畚築今三歲，康莊始一修。何言野人意，能助令君憂。勠力非無補，論心豈有求。十年空志食，因汝起予羞。

河勢

河勢浩難測，禹功傳所聞。今觀一川破，復以二渠分。國論終將塞，民嗟亦已勤。無災等難必，從衆在吾君。

送河間晁寺丞

公孫富文墨，名字世多知。談笑取高第，弦歌當此時。

臨河薪石費近塞繭絲移緩急常愁此看君有所爲

暮春

春期行晼晚春意賸芳菲曲水應修禊披香未試衣雨花紅半墮煙樹碧相依悵望夢中地王孫底不歸

遊北山

攬轡出東城登臨目豁明煙雲藏古意猿鶴弄秋聲客坐苔紋滑僧眠樾陰清賞心殊未已山下日西傾

吳正仲諸官得故人寄蟹以詩謝之余次其韻

遠客上荊舠秋風憶把螯故煩分巨蹄持用佐清糟飲量寬滄海詩鋒捷孟勞甘飡飽觴詠餘事付[illegible][illegible]

陳師道宰烏程縣

嘗聞太丘長德不負公卿墟墓今千載昆雲亦一城
本懷深閎蓄餘論略施行故自有仁政能傳家世聲

冬至

都城開博路佳節一陽生喜見兒童色歡傳市井聲
幽閑亦聚集珎麗各携挈却憶他年事關商閉不行

湯泉

寒泉詩所詠獨此沸如烝一氣無冬夏諸陽自廢興
人游不附火蟲出亦疑冰更憶驪山下歊然雪滿塍

讀鎮南邸報癸未四月作

賜詔寬言路登賢壯陛廉相期正在治素定不煩占
衆喜夔龍盛予虞絳灌憸太平詎可致天意慎猜嫌

擬和御製賞花釣魚

雲暖蓬萊日風酣太液春水光承步輦花氣入鈎陳
伏檻留清蹕傳觴屬從臣霏香連釣餌落蘂亂游鱗
鎬飲恩知厚衢樽賜願均更看追夏諺先此詠逢辰

和吳沖卿雪霽紫宸朝

虎士開閶闔雞人唱九霄雲移銀闕角日轉玉郎腰
帝動川收潦靴鳴海上潮舞袍沾宿潤拜笏擁殘飄
賜飲人何樂歸嘶馬亦驕低佪但忘食吟詠得逍遥

和吳沖卿集禧齋祠

緘封祝辭密占爲御名真帝坐遥臨物星圖俯暎人
風含煙外節月照霧中茵沈薶升煙遠禋禮取燎薪
羽衣歸寂寞金鍐立逡巡却想來時路還疑隔一塵

送周都官通判湖州

淥水烏程地，青山顧渚濱。酒醪猶美好，茶荈正芳新。聚落罇前月，分琊焙上春。仁風已及俗，樂事始關身。橘柚供南貢，楓槐望北宸。知君白羽扇，歸日未生塵。

雙廟 張巡 許遠

兩公天下駿，無地與騰驤。就死得處所，至今猶耿光。中原擅兵革，昔日幾侯王。此獨身如在，誰令國不亡。北風吹樹急，西日照窗涼。志士千年淚，泠然落奠觴。

和子瞻同王勝之遊蔣山 并序

子瞻同王勝之遊蔣山，有詩，余愛其「峰多巧障日，江遠欲浮天」之句，因次其韻。

金陵限南北，形勢豈其然。楚役六千里，陳亡三百年。江山空幕府，風月自觚船。主恙悲靈岸，處堤憂鼓蓮。

臺傾鳳久去城踞虎爭偏司馬墉廟域獨龍層塔顛彝蹟五顯木蹇哀一人梟說狡窮諸嶺藍輿罷樂天朱門圖浮水碧苑第青煙墨客真能賦留詩野竹娟

送鄆州知府宋諫議

盛世千齡合宗工四海瞻天心初顧愛雲翼首離潛德望亭圭角儀形坐藍康徐鳴蒼玉佩盡抱碧牙籤綸掖清光注鑾坡茂澤霑文明識得主政音爲傾夜右府參機務東藩贊景炎府讀資石畫兵略倚英鈐坐鎮均勞逸齋居石養智恬謳謡喧井邑惠化體蒼黔進律朝章舊疏恩物議僉通班三殿邃從詔十旒兼申甫周之翰龜蒙魯所瞻地靈奎宿照野沃河漸首路龍旗盛提封虎節嚴賜衣纏紫雯衛甲綴朱纓

海谷穀文省盤堂燕豆添詩春回紺幰門俗卷形擔
舟檝商巖命熊羆渭水上六龍行入覲金鼎重調鹽

見遠亭上王明府

高亭寮可望朝暮對谿山野色軒楹外霞光几席間
樹侵蒼靄沒鳥背夕陽還草帶平沙闊煙籠別岸閑
圃登宿氣合田徑燒痕斑襟留吟晴塢源執出瞑灣
登臨叉芳節宴喜及朱顏交彻陳筵擔宴簾遣佩環
觀風商國最應宿葉筵康樂詩句五言青裘蕭可攀

臨川先生文集卷之十六 丁六

臨川先生文集卷第十七

律詩七言八句

歲晚懷古

段約之園亭

又段氏園亭

回橈

酴醿金沙二花合發

次韻公闢正議書公戲語申之以祝助發一笑

次韻致遠夲人洲二首

次韻龔深甫二首

次葉致遠韻

次韻酬朱昌叔五首

重登寳公塔復用前韻二首

縱暖閣

雨花臺

北牕

小姑

榮上人遠遊欲歸以詩留之

呈陳和叔并序

招呂望之使君

公闢枉道見過獲聞新詩因叙歎之

全椒張公有詩在北山西巷僧者壻之悵然有感

嶺雲

蓼蟲

莫疑

歲晚懷古

先生歲晚事田園魯叟遺書廢討論問訊桑麻憐已長按行松菊喜猶存農人調笑追尋壑稚子歡呼出候門遥謝載醪祛惑者吾今欲辯已忘言

段約之園亭

爱公池館得忘機初日留連至落暉菱蔓紫鮮跳復没柳陰黄鳥囀還飛徑無凡草唯生竹盤有嘉蔬不采薇勝事閩州雖或有終非吾土豈如歸

又段氏園亭

欹眠適水轉東垣一點炊煙映水昏漫漫芙蕖難覓

路脩脩楊柳獨知門青山呈露新如染白鳥嬉游靜不煩朱雀航邊今有此可能搖蕩武陵源

回橈

柴荆散策靜凉飈隱几扁舟白下潮紫磨月輪升靄靄帝青雲幕卷寥寥數家雞犬如相識一塢山林特見招尚憶木瓜園最好興殘中路且回橈

酴醾金沙二花合發

相扶照水弄春柔發似矜夸歛似羞碧合晚雲霞上起紅爭朝日雪邊流我無丹白知如夢人有朱鉛見即愁疑此冶容詩所忌故將摻木比綢繆

次韻公闢正議書公戲語申之以祝助發一笑

故人辭祿未忘情語我猶能作扞城身不自遭如貢薛兒應堪教比韋平老罷豈得長高卧雛鳳仍聞已間生把盞祝公公莫拒緇衣心爲好賢傾

次韻致遠木人洲二首

迷子山前漲一洲木人圖志失編收年多但有柳生肘地僻獨無茅蓋頭河側鮑生乾尚立江邊屈子槁將投未妨他日稱居士能使君疑福可求

二

杌爾何年客此洲飄流誰棄止誰收無心使口肝使目有幹作身根作頭暴露神靈難寄託禱祠村落幾依投紛紛剪綵真虛負立倘安知富可求

次韻酬龔深甫二首

恩容楚老謫松楸復得一龔從我遊講肆劇談兼祖謝舞雩高蹈異求由北尋五柞故不愁東挽三揚仍有樛陟巘降原從此始但無瑶玉與君舟

二

握手東岡雪滿篸後期惆悵老吳蟲芳辰一笑真難值暮齒相思豈久堪他日杜詩傳渭北幾時周宅對漳南百年邂逅能多少且可勤來共草菴

次葉致遠韻

生涯聊占水中洲豈即乘桴逐聖丘身與鳧飛仍爲集心能茅靡亦波流由來杞梓常先伐誰謂蒹蒲可久留乘興吾廬知未厭故移脩竹擬延騶一作知君洲去即東浮逐聖丘憂國無時須問舍得塍有與卿聊占水中乘流由來要路當先據誰謂窮鄉可久留他日五湖

尋范蠡想能重此駐前驂

次韻酬朱昌叔五首

黠也自殊由與求既成春服更何憂拙於人合且天合靜與道謀非食謀未愛京師傳谷口但知鄉里勝壺頭嗟予老矣無一事復得此君相與遊

二

去年音問隔淮州百謫難知亦我憂前日杯盤共江渚一歡相屬豈人謀山蟠直瀆輸淮口水抱長干轉石頭樂與舟輿無不可春風從此與公遊

三

烏榜登臨興未休共言何許更消憂聯居蕭寺尋真覺考駕孫陵弔仲謀語罷每開歡笑口詩來仍掉苦

已知軒冕眞吾累且可追隨馬少游

四

白下門東春水流相看一噱散千憂穿梅入柳曾莫逆度壍緣岡初不謀世事但如吹劒首官身難即問刀頭長臨鍜竈眞自苦有興復來從我遊

五

樂世閑身豈易求巖居川觀更何憂放懷自事如初服冒宅相招亦本謀名譽子眞矜谷口事功新息困壺頭知君於此皆無累長得追隨壙埌遊

次韻送程給事知越州

千騎東方占上頭如何誤到北山遊清明若覲蘭亭月暖熱因忘蕙帳秋投老始知歡可惜通宵豫以別

爲憂西歸定有詩千首想肯重來貢一丘

次韻酬徐仲元

投老逍遥屺與堂天刑眞已脫桁楊緣源靜翳無魚
滄度谷深追有鳥頑每苦交游尋五柳最嫌尸祝擾
庚桑相看不厭唯夫子風味眞如顧建康

詩奉送覺之奉使東川

三秋不見每惓惓捉手山林復悵然後會敢期黄耇
日相看且度白雞年畏途石棧王尊馭榮路金門祖
逖鞭一代官儀新藻拂得瞻宸宇想留連

次韻奉酬覺之

久知乘傳入西州雞黍從容本不謀戶外驚塵尺書
過眼中飛浪白帆收山林病骨煩三顧湖海離腸

萬周尚有元華賁出翁鑑圖中佳句得長留

送程公闢得謝歸姑蘇

東歸行路嘆賢哉碧落新除寵上才白傅林塘傳畫去吳王花鳥入詩來唱酬自有微之在談笑應容逸少陪少保元絳謝事居姑蘇又王中甫吾歟歸與相唱酬蘇集除此兩翁相見外不知三徑爲誰開

送項判官

斷蘆洲渚落楓橋渡口沙長過午潮山鳥自呼泥滑滑行人相對馬蕭蕭十年長自青衿識千里來非白璧招握手祝君能強飯華簪常得從鞾翹

次韻張德甫奏議

知君非我載醪人終日相隨免汙茵賞盡高山見流

不有殘白雪，值陽春二分齊積。如來緣對現，毗耶長者身。誰將宴寂幽處，壁與丹圖寫鑑吾真。

丑山三詠

寶公塔

道林真骨葬青霄，窣堵千秋未寂寥。寶勢旁連大江老，尊形獨受衆山朝。雲泉別寺分三徑，香火幽人止一瓢。義亦鷲峯同蔓法，歲時無貴豈廢遺。

覺海方丈

往來城府住山林，諸法翛然但一音。不與物違真道廣，每隨緣起自禪深。舌根已淨誰能壞，足跡如空我得尋。歲晚北窗聊寄傲，蒲萄零落半床陰。

道光泉

潭龍將雨繞山行注遠投深靜有聲雲涌浴漕朝自暖虹垂齋鑊午遶晴銅鉢各瀟幽人意玉梵因高正士名神力可嗟姑智巧桔槔零落便昔坐

登寶公塔

倦登疲馬放松門自把長節倚石根江月轉空為白晝嶺雲分暝與黃昏鼠攜峯寂聲隨起鶉鷸荒寒影對翻當此不知誰客主道人忘我我忘言

重登寶公塔復用前韻二首

空見方墳涌翠霄難將生死問參寥塵身東返知何國端像西歸自本朝遺寺有門非舊路故池無鉢但僧瓢獨龍下視皆陳迹追數齊梁亦寺遙

二

碧玉旋螺恍隔霄冠山仙冢亦寥寥空餘華獵延風月無復靈蹤落市朝帳座追嚴多獻寶供盤隨施有操瓢他方出没還如此與物何心作適遙

紙暖閣

聯屏蓋障一尋方南數鈎簾北置牀側座對敷紅絮暖仰總分香霧紗凉氊廬易以楠柔宴錦幄終於草野妨楚穀越藤真自穪無糊因得藏書囊

雨花臺

盤互長干有絶陘并包佳麗入江亭新霜浦溆綿綿淨薄晚林巒往往青南上欲窮牛渚怪北尋龔忘草堂雲發後興命老無揚陌已戴寒云一兩星

病与衰期每強扶雞壅桔梗亦時須空花根蔕難尋
摘夢境歷塵費掃除耆域藥囊真妄有軒轅經匱或
元無此窻枕上春風暖漫讀毗耶數卷書

小姑

小姑未嫁與蘭支何恨流傳樂府詩初學水仙騎赤
鯉竟尋山鬼從文狸繽紛雲襡空棠襶綽約煙鬟獨
桂旗弄玉有詞終或往飛瓊無夢故難知

棠上人遠欲歸以詩留之

道人傳業自天台千里翛然赴感來竟行戲沙爲外
護法筵靈曜得重開已能爲義詩禪足便可隨方長
寶胎育顧北山如慧約與公西崦斸蕪菁

呈陳和叔并序

嘉祐末和叔以集賢校理判登聞鼓院同知太常禮院皮場街有園數畝中置二樽甎豪丈出戶臨瀟略仿邊街旁作小屋毁輜車爲蓋某以直集賢院爲三司度支判官以知制誥糾察在京刑獄同管句三班院閒度衍飯直壹下隨所有無坐臥甎上笑語嘗至夜如此三歲而和叔遭太夫人憂去幾某亦喪親以六時[illegible]永昭陵尚未復土也後與和叔皆蒙今上拔用數會議論皆憂傷之餘責厚望重取無復故情元豐元年某食觀使祿居鍾山南和叔經略廣東道舊悵然某作詩以叙其事

毁車爲屋僅容身三歲相要溥主人晝寫溥甎嘗至夜冬淤澌消約復春南陔不泊公歸里蒼鬢垂成我

喪親後會縱多無此樂山林投老一傷神

招呂望之使君

潮溝東路兩牛鳴十畝漪漣一草亭委質山林如許國寄懷魚鳥欲忘形紛紛易變浮雲白落落誰鍾老栢青尚有使君同好惡想隨秋水肯揚舲

公闢在道見過獲聞新詩因叙歎仰

青丘神父能爲政碧落僊翁好作詩舊事齊兒應共記新篇楚老得先知懷軓大峴如迎日供帳閶門勝去時若與鴟夷鬬百草錦囊佳麗敵西施

全椒張公有詩在北山西菴僧者墁之悵然有感

十年招帳躡山阡終欲持杯滴到泉東路角巾非故

約西州華屋漫脩椽幽明永隔休炊黍眞俗相妨久絶弦遺墨每看疑邂逅復隨人事散如煙

嶺雲

嶺雲合處小盤淵聖御名人得敷衾馬解鞌寒莢著天榆歷歷淨華浮海桂團團交游漢散淵明喜吏卒蕭條叔夜寬方丈老翁無一髮更知來不爲皮冠

蔘蟲

蔘蟲事業無餘習蜀狗文章不更陳隱几自憐居喪我倨堂誰覺似非人難堪藏室稱中士秖合箕山作外臣尚有少緣灰未死欲持新句惱比隣

莫疑

莫疑禪伯未知禪莫笑仙翁不學仙靈骨肯傳黃蘗

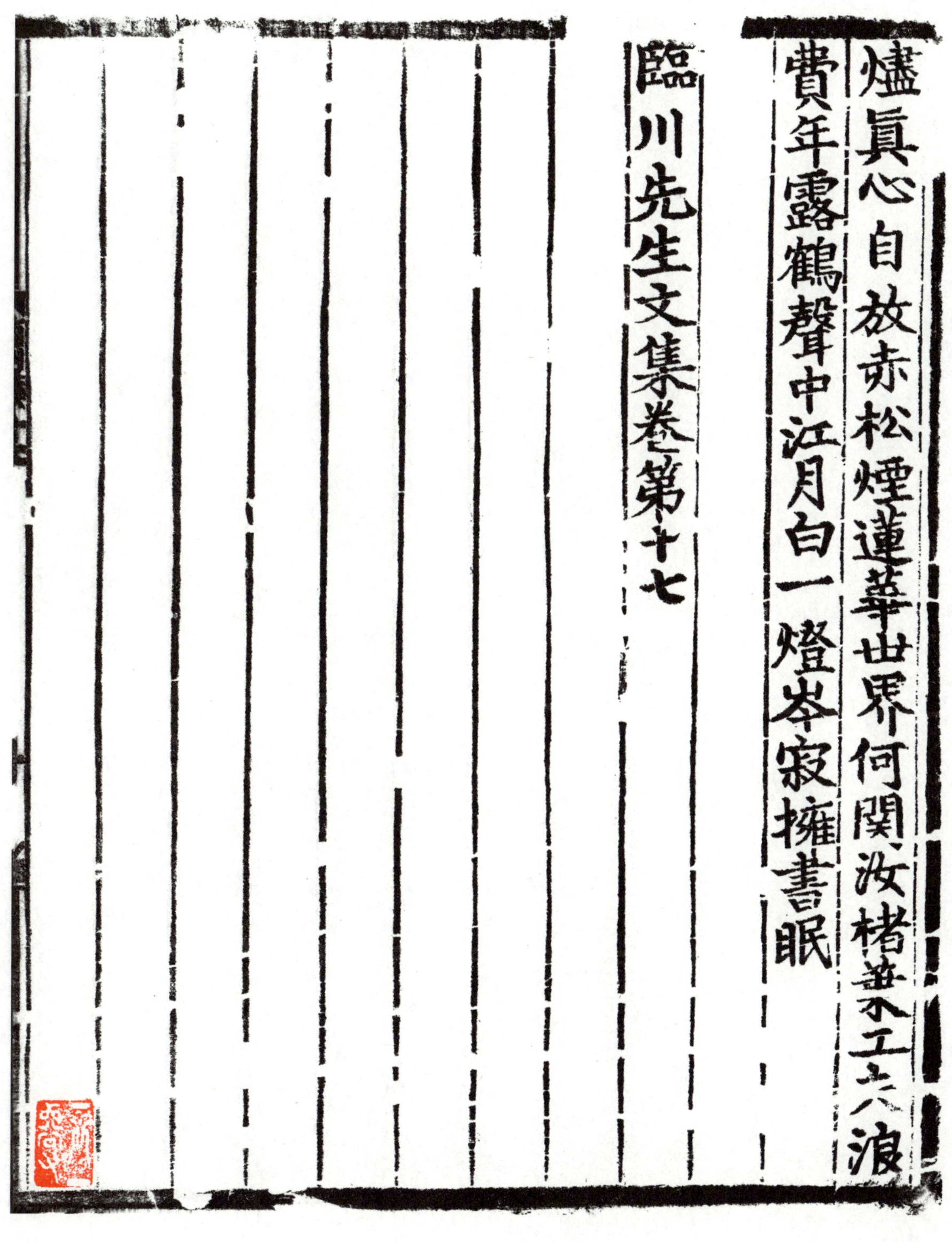

爐眞心自放赤松煙蓮華世界何關汝楮葉不工亦浪費年露鶴聲中江月白一燈岑寂擁書眠

臨川先生文集卷第十七

臨川先生文集卷第十八

律詩七言八句

示俞秀老

外廚遺火示公佐

讀眉山集次韻雪詩五首

讀眉山集愛其雪詩能用韻復次韻一首

八功德水

寄題蔣公開物華樓

酬俞秀老

次韻吳沖卿召赴省政嚴聽讀詩義感事

張侍郎示東府新居詩因而和酬二首

次韻沖卿上元從駕至集禧觀偶成

次韻陪駕觀燈

和吳相公東府偶成

和蔡樞密孟夏旦日西府書事

和蔡副樞賀平戎慶捷

次韻奉和蔡樞密南京種山藥法

次韻元厚之平戎慶捷

謁曾魯公

駕自啓聖還內

集禧觀池上詠野鵝

次韻東廳韓侍郎齋居晚興

酬和甫祥源觀醮罷見寄

和御製賞花釣魚

次楊樂道韻六首

後殿朝次偶題

御溝

幕次懷漢上舊居

後苑詳定書懷

上巳聞苑中樂聲書事

用韻書十日事呈樂道舍人聖從待制

詳定幕次呈聖從樂道

崇政殿詳定幕次偶題

詳定試卷二首

奉酬楊樂道

奉酬聖從待制

次韻吳仲庶省中畫壁

夜讀試卷呈君實待制景仁內翰

答張奉議

示俞秀老

繚繞山如涌翠波人家一半在煙蘿晴豐笑語春聲早地僻追尋野興多空堵生不覺開北向招提素脊隱西阿暮年要與君攜手處處相煩作好歌

外廚遺火示公佐

刀匕初無欲清七姓切人如何盧鬼尚嫌嗔翛翛短褐方煬火冉冉青煙已被宸避追焚巢連鳥雀倉黃濡幕愧比鄰王陽幸有囊衣在報賞焦頭亦未貧

讀眉山集次韻雪詩五首

若本昏昏未有鴉東雷瀑閃向晝由轉雲忽散蘐爲層疊水如分綴作花擁簇尚憐南北一港待杯能言爾三家戲撥弄擲輸見女羔袖龍鍾手獨又

二

神女青鬟寶髻鴉獨藏雲氣委飛去夜光往往多聰璧白小紛紛每散花珠網纚連袧異座瑤池森漫阿環家銀爲宮闕尋常見豈即諸天守夜又

三

惠施文字黑如鴉於此機緘漫五車鸞若易[illegible]繇不淙紛然能幻本無花觀空白足寧知處疑有青壓當作家慧可忍寒真覺曉爲誰將手少舂又

四

音聲三足阿環鵶問訊青腰小駐車一一黑肌亭有種紛紛迷眼為誰花爭妍恐落江妃手耐冷疑遺月姊家長恨玉顏春不久畫圖時展為君又

五

嚴擺纖縞女鬟鵶試咀流酥已頰真歷亂猜埋朱孫果消沉時點水圓花豈能辦艷真蕊我豆與蝎牛偏母家欲挑青腰還不敢直須詩膽付劉又

讀眉山集愛其雪詩能用韻復次韻一首

靚妝嚴飾曜金鴉比與難工漫百車水種所傳清有骨天機能織緻非花嬋娟一色明千里綽約無心熟萬家長此賞懷甘獨卧袁安交戟豈須又

八功德水

雪山馬口出琉璃聞說諸天與護持此水遥連八功德供人眞淨四威儀當時迦葉無塵染何事闍鄉有土恩道力起緣非一路但知瓢飲是生疑

寄題程公闢物華樓

吴楚東南最上游江山多在物華樓遥瞻旌節臨尊俎獨卧紫荆陪獻酬想有新詩傳素壁慳無餘墨到滄洲渴浯南望重重綠章未還能向此流

酬俞秀老

灑掃東菴置一牀於君獨覺故情長有言不必論摩詰無法何嘗泥飲光天壤此身知共弊江湖他日要相忘猶貪半偈歸思索卻恐長涓妄論量

次韻吴沖卿召赴資政殿聽讀詩義感事

冲鈞詩云雪銷鳩鵲銜蘇葉見春恩綴上公書曰作鸞三接寵正風雅頌二南終解頤共仰天顏喜牆面兼容聖域通今漏漸長知禹錫侍臣何術補遺聰時解撰經義亦初進二南有旨資政殿讀云

周南麟趾聖人風亦有騶虞繫召公雅頌兼陳爲四始登歌合奏以三終討論詔便成言上付翰恩容著善過牆面豈能知與義延陵聽賞自爲聰

張侍郎示東府新居詩因而和酬二首

得賢方慕北山萊亦自中天二府開功謝蕭規憩漢廷懸從隗始詫燕臺舊留 上主經過跡更賞高人駿詠才自古落成須善頌歸除東閤望公來

參觀流傳詠草萊中官賜設上尊開鼓歌寄條聽疑

[illegible]肴果聯翩饋有豪斧藻並應宜舊德棣梁非復稱

凡材虛堂欲踵曹參事試開齊人或肯來

次韻沖卿上元從駕至集禧觀偶成

昭陵持橐從遊人更見熙寧第四春寶御中開移玉

座華燈錯出映朱塵輦前時看新歌舞仗外還如舊

徼巡投老逢時追往事却含愁思度天津

次韻陪駕觀燈

繡筤合風下玉除宮商換奏斐然殊禱祥周室流爲

欠恩澤堯樽散在衢伏枕但能知廣樂揮毫何以報

明珠願留巾篋歸田日追詠公徽每自娛

和吳相公東府偶成

承華往歲幸疇諮風月淸談接緒餘並轡蘇朝今已

老連牆得屋喜如初誅茅我夢江皐地澆蘆公思洛水渠欲退故應容拙者亢營環堵祭空疏

和蔡樞密孟夏旦日西府書事

宮闈初晴氣象饒寶章稽數會東朝重輪慶自離明發內壤陰隨解澤消賜匪外廷紛錦繡燕危中禁續簫韶聯翩入賀知君意近尺威顏不隔霄

和蔡副樞賀平戎慶捷

城郭名王據兩陲軍前一日送降旗羌兵自此無傳箭漢甲如今不解纍藁街府上功聯舊代朝廷稱慶具新儀周家道泰西戎喙還見詩人詠串夷

次韻奉和蔡樞密南京種山藥法詩并序 序云葉見索南都種山藥法并以生苗數十莖送上輒成小詩 會請正是中分天區種何妨

試王臣卿兒䴔引須綠夏木定知如雖鷺冬廷揆俗之衛卿如時人以疑潤還御水冰霜綿蔭近堯雲雨露偏自裏自題還自媿揠苗應笑宋人然

區種拋來六七年春風條蔓想宛延難追老圃莓苔經空對珍盤玳瑁筵嘉種忽傳河右壤靈苗更長關西偏故畦穿斸知何日南望鍾山一慨然

次韻元厚之平戎慶捷來詩有何人更得通天帶謀合君心只晉公之句

朝廷今日四夷功先以招懷後殪戎胡地馬牛歸隴底漢人煙火起湟中投戈更講諸儒藝免胄爭趨上將風文武佐時慚吉甫宣王征伐自膚公

謁曾魯公即赴會時

翊戴三朝冕有蟬歸榮今作地行仙且開京闕一作洛

蕭何第朱放江湖范蠡船老景巳鄰周呂尚慶門方似漢韋賢一觴豈足爲公壽願賦長虹吸百川

駕自啓聖還内

衣冠原廟漢家儀羽衛親來此一時　天子當懷霜露感都人亦歎鼓簫悲紛紛瑞氣隨雲漢漠漠榮光上日旗塵土未驚閶闔閉綠槐空覆影參差

集禧觀池上詠野鵝

池上野鵝無數好晴天鏡裏雪毰毸似憐暄暖鳴相逐疑戀寬閑去却回京洛塵沙工點汗江湖矰弋飽驚猜羽毛的的人難近嗟此誰身或有才

次韻東廳韓侍郎齋居晚興

齋禁雖嚴異太常蕭然高卧意何長煙含欲暝宫庭

紫日映新秋省闥黃壯節易摧行踽踽華年一相背玉
堂空追攀坐歎風塵隔空聽鈞天夢帝鄉

酬和甫祥源觀醮罷見寄

竊祿祠官久見容每持金石薦宸衷鈞天忽憩清都
夢方丈寥寥弱水風知結勝緣人意外想尋陳迹鳥
跡中新詩起我超然興更感鍾山蕙帳空

和御製賞花釣魚

蔭幄晴雲拂曉開傳呼仙仗九天來披香殿上留朱
輦太液池邊送玉杯宿蘂暖含風浩蕩戲鱗清映日
徘徊宸章獨與春爭麗恩許賡歌豈易陪

次楊樂道韻六首

後殿朝次偶題

百年文物士優游萬國今方似綴旒饗筞東堂招儁

乂回輿北苑罷倡優忽隨諸彥登龍尾尚憶當年應

鵠頭獨望清光無補報更慚虛食太官羞

御溝

渺渺金河漲欲平數支分緑報清明常縈輦路漂花

去更引流杯送酒行静見金輿穿樹影清含玉漏過

牆聲衰顔一照自多感迴首江南春水生

暮次憶漢上舊居

漢水泱泱繞鳳岐峴山南路白雲浮如何憂國忘家日尚有求田問舍心直以文章供潤色未應風月負登臨超然便欲遺榮去却恐元龍會見侵

後苑詳定書懷

文墨由來妙禁中家傳豈獨感河東平生聽慣鳳聲早數日追隨笑語同御水新如鴨頭綠宮花更有鶴翎紅着花弄水聊爲樂不晚朝廷[illegible][illegible]翁

上巳聞苑中樂聲書事

苑中誰得從春遊想見漸臺瓦欲流御水曾隨花影轉宮雲低繞樂聲留年華太破清明節日暮初回祓禊舟更覺至尊思慮遠不應全爲拙倡優

用樂道舍人韻書十日事呈樂道舍人

聖從待制

東門人物亂如麻想見新鶴照路華午鼓已傳三刻漏從官初賜一杯茶忽忽殿下催分首擾擾宫前聽賣花歸去莫言天上事但知呼客飲流霞

詳定幕次呈聖從樂道

殿閣掄材覆等差從臣今日擅文華揚雄識字無人敵何遜能詩有世家舊德醉心如美酒新篇清目勝真茶一觴一詠相從樂傳説猶堪異日誇

崇政殿詳定幕次偶題

嬌雲漠漠護層軒嫩水濺濺不見源禁柳萬條金細撚宫花一段錦新翻身閑始更知春樂地廣還同避世喧不恨玉盤冰未賜清談終日自蠲煩

詳定試卷二首

纂垂懸尺斷經過，把卷空聞笑語多。論衆勢難專豈否，法嚴人更謹誰何。文章直使看無纇，勲業安能保不磨。疑有高鴻在寥廓，未應迴首顧張羅。

二

章子常誇作賦工，暮年羞悔有揚雄。當時賜帛倡優等，今日論才將相中。細甚客卿因筆墨，早於爾雅注魚蟲。漢家故事眞當改，新詠知君勝弱翁。

奉酬楊樂道

邂逅聯裾殿閣春，却愁容易即離群。相知不必因相識，所得如今過所聞。近代聲名出盧駱，前朝筆墨數淵雲。與公家世由來事，愧我初無百一分。

奉酬聖從待制

珠行慙望歲空多知有龍門未敢過和近聖人師展季勇爲君子盜荊軻三刀舊協庭闈夢五袴今傳里巷歌復道諫書嘗滿篋不唯詩句似陰何

次韻吳仲庶省中畫壁

畫史雖非顧虎頭還能滿壁寫滄洲九衢京洛風沙地一片江湖草樹秋行數儵魚賓共樂臥看鷗鳥吏方休知君定有扁舟意却爲丹青肯少留

夜讀試卷呈君貺待制景仁內翰

篝燈時見語驚人更覺揮毫捷有神學閱比來多可喜文章非特巧爭新蕉中得鹿初疑夢牖下窺龍稍眩眞邂逅兩賢時所服坐公、孤朽得相因

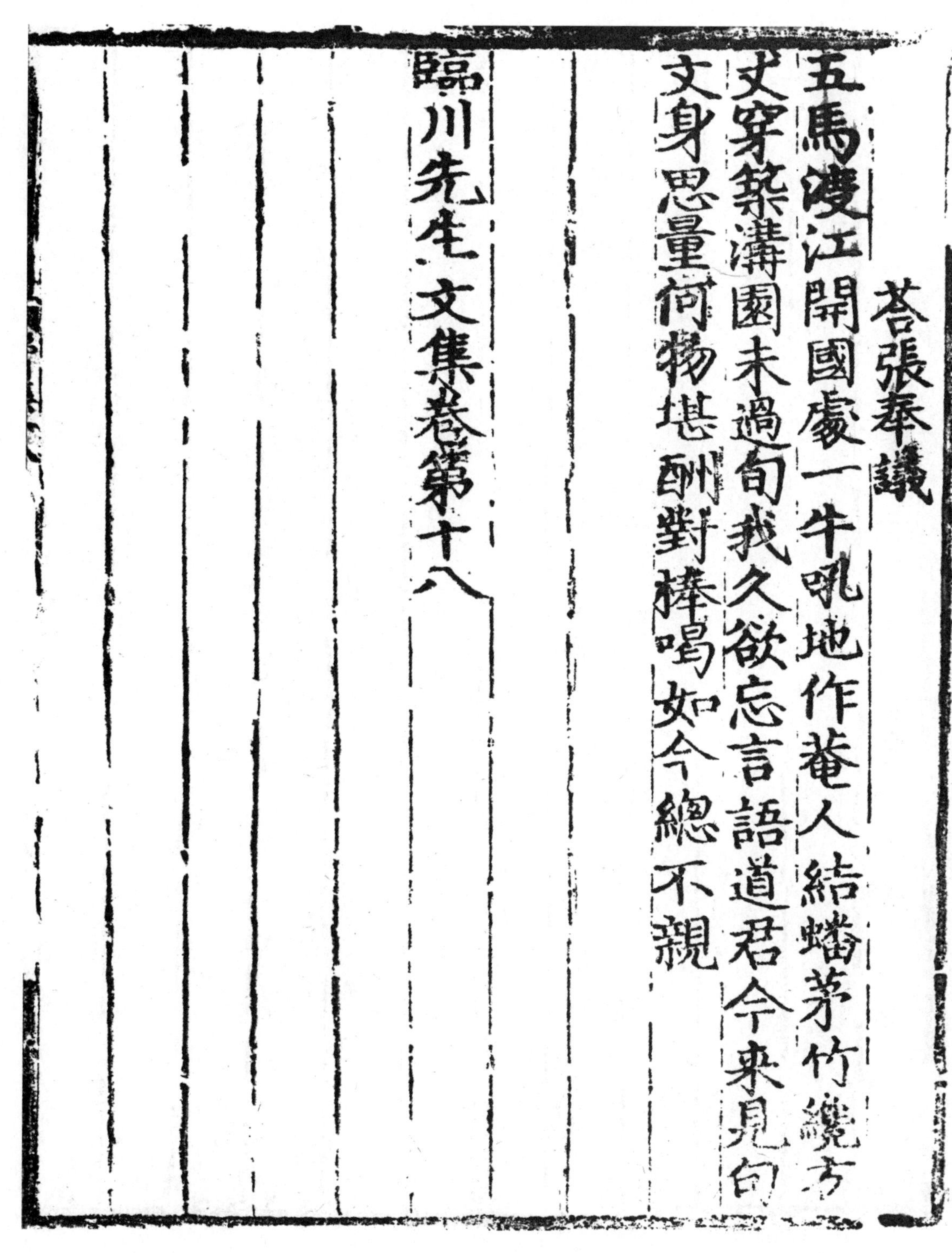

答張奉議

五馬渡江開國處一牛吼地作菴人結蟠茅竹纔方丈穿築溝園未過旬我久欲忘言語道君今來見白文身思量何物堪酬對棒喝如今總不親

臨川先生文集卷第十八

臨川先生文集卷第十九

律詩七言八句

次韻和吴仲庶池州齊山畫圖

次韻祖擇之登紫微閣二首

送沈興宗察院出使湖南

春風

永濟道中寄諸舅弟

道逢文通北使歸

將次相州

次韻平甫喜唐公自契丹歸

尹村道中

次韻王勝之詠雪

次韻酬府推仲通學士雪中見寄

次韻宋次道憶太平早梅

和曾子翊授舒掾之作

送劉和父奉使江西

次韻張子野竹林寺二首

送吳龍圖知江寧

送直講吳殿丞宰鞏縣

送吳州吳處厚使君

送李質夫知陝府

題儀真致政孫學士歸來亭

次韻吳季野題岳上人澄心亭

送彦珍

和微之重感南唐事

李君昆弟訪別長蘆至淮陰追寄

貴州虞部使君訪及道舊竊有感惻因成小詩

沖卿席上得行字

示董伯懿

次韻和吳仲庶池州齊山畫圖 知制誥時作

省中何忽有崔嵬六幅生綃坐上開指點便知巖石處登臨新作史君來雅懷重向丹青得勝勢兼臨翰墨回更想杜郎詩在眼一江春雪下離堆

次韻祖擇之登紫微閣二首

漠漠秋陰護掖垣青雲秪在兩楹間宮樓唱罷雞人

遠門闌朝闔虎士開華蓋北瞻天帝座蓬萊東想道家山却憇久此隨諸彦文采初無豹一斑

二

掖門相對敞銅鐶轙钀飛甍在兩開潤色平生知地禁登臨此日愧身閑浮書倒影參窗隙落木回飈動屋山忽憶初來秋尚早紫微花點綠苔斑

送沈興宗察院出使湖南

諫書昔日皁囊中朝路爭看一馬驄漢節飽曾衝海霧楚帆聊復借湖風皇華命使今爲重直道酬君遠亦同投老承明無補助得爲湘守即隨公

春風

一馬春風北首燕却疑身得舊山川陽浮樹外滄江

永慶源原頭野火煙日借嫩黃初着柳雨催新綠稍
歸田回頭不見辛夷發始覺看花是去年

永濟道中寄諸舅弟

燈火忽忽出館陶回看永濟日初高似聞空舍烏烏
樂更覺荒陂人馬勞客路光陰真棄置春風邊塞祇
蕭騷辛夷樹下烏塘尾把手何時得汝曹

道逢文通北使歸

朱顏使者錦貂裘笑語春風入貝州欲報京都近消
息傳聲車馬少淹留行人盡道還家樂騎士能吹出
塞愁回首此時空苜蓿羨攜壟一段向南流

將次相州

青山如浪入漳州銅雀臺西八九丘螻蟻往還空壟

畝麒麟埋沒幾春秋功名蓋世知是氣力迴天到此休何必地中餘故物魏公諸子分衣裘

次韻平甫喜唐公自契丹歸 予辭北使而唐公代往

留犁撓酒得戎心繡袷通歡歲月深奉使由來須陸賈離親何必強曾參燕人候望空甌脫胡馬追隨出蹛林萬里春風歸正好亦逢佳客想揮金

尹村道中

滿眼霜吹宿草根誰知新歲不逢春却疑青嶂非人世更覺黃雲是塞塵萬里張侯能奏使百年曾子肯辭親自憐許國終無用何事紛紛客此身

次韻王勝之詠雪

萬户千門車馬稀行人却返鳥休飛玲瓏翦水空中

墮的蝶裝春樹上歸素髮聯華鬢驚老大三顏爭好美
興肥朝來已賀豐年瑞更問田家果是非

次韻酬府推仲通學士雪中見寄

朝來看雪詠君詩想見朱衣在赤墀爲問火城將策
試何如雲屋聽窓知曲牆稍覺吹來密窮巷終憐掃
去遲欲訪故人非興盡自緣無路得傳卮

次韻宋次道憶太平早梅

大梁春貴寶刀催不似湖陰有早梅今日盤中看翦
綵當時花下競傳杯紛紛自向江城落杳杳華隨驛
使來知憶舊游還想見西南枝上月徘徊

和曾子翊授舒掾之作

睆識終歲靜[illegible]山[illegible]樹[illegible]摇鶯聲到日聞一枝碧羅栽綠

繞萬山疊疊玉刻屋穿顏舊遊筆畫盡吾今古浪走塵沙[illegible]
已斑攬纈羡君儒冠路春風鼓上鳥頭闌

送劉赤父奉使江西

劉郎今日擁旌麾幸到江南喜可知土家[illegible]
承下車應不問無理無人敢欺勸一觴須祭濟[illegible]
華遠步泚亦見春風花滿地[illegible]壽言已言相思

次韻張二翁竹林寺二首

獨木橫斜石路深水源[illegible]叢林青鳥[illegible]開講
君黃鶴當年話[illegible]金數聲[illegible]一穗文
檀沈十年龍友無處落回首舊遊成古今

二

京峴嶺南隱映深兩年鳥地得禪林風泉隔屋撞晨

三竹月緑皆影碎今藻井仰窺塵漠漠青燈對宿夜
沉沉扁身過客十年事一夢此山悉至今

送吳龍圖知江寧

幸高明三聽方淸屬郡閒風自輩心閒星不須多案
治山川從此數登臨茅簷坐隔雲千里箱龍一初袖尋
一尋東望泣然知有寄但疑公豈久分襟

送宣議吳嚴丞宰葦縣

青嵩老老之昔達地星綬銅章忽在身擁烏尚多幾甸
豐隨秋垂衛業城塵士來者問須行已此去風流定
慰人更憶之陵詩上話知君不負登樓春

送吳州兵鈐厚之侍君

習上齋船驛彩撓鳴笳應滿緑楊[illegible]大[illegible]漢更知文

昔嘗使淮人明發條畏未延陵瞻故國叢祠成夢謠前朝登臨莫負八山川好終欲東歸聽楚謠

送李寶夫之欽州

平生來去漫至若莊旅士衰翁十年見子尚短褐千里隨人今已成戶外飄貪金盃自滿樽中酒幾亦嘗空共嫌欲老無機械心亭還能與我同

題儀真致政孫學士歸來亭

彭澤陶潛歸去來素風千歲出塵埃明時驚老心無累故里高門手有才更作閑林首城郭常留花月映池臺却喜五柳先生傳與太區區但可哀

次韻吳季野寶岳上人澄心亭

高亭三月尚寒生回首塵沙自鬱蒸動水亂流穿亭石

巖巒雲高出戴山層齊聳欲絕人間無壽緣無從物外會腸胃塵埃清似洗神奇未怪僞圖畫

送彥珍

挾筴寡鄉滿鬢絲陵田荒盡豈曾窺未應吞口終身隱主合昔川學國推擢手一白憂空往事還家一笑即芳騎無罔定有辛衷發亦見東風變表知

寄張先郎中

留連山水住多時年比馮唐未覺衰華髮尚能書細字每因還肯寄新詩胡牀月下知誰對雲蓋花前想自覺衰老主恩聊欲報每贈高蹈恨歸遲

汜水寄和甫

虎牢關下水逶迤想汝飄然過此時盡血戰一爭表戈

起脫身難借羽翰追留連厚祿非朝隱乖隔殘年更
土思已卜冶城三畝地寄聲知我有歸期

寄黃吉甫

朱顏去似朔風驚白髮多於野草生拔葉讀書空有
得求田問舍轉無成解鞍烏石岡邊坐携手辛夷樹
下行今日追思眞[illegible]事黃塵深處走雞鳴

次韻平甫村墅春日

昨日青青尚未齊忽青春色滿高低陂梅弄影爭先
舞葉鳥藏身自在啼林[illegible][illegible]歸舊無漁艇[illegible]回向
前溪似知我欲逃軒冕故[illegible][illegible]過各有攜

即席次韻微之泛舟

畫舸幽尋北界園[illegible][illegible]陳迹問桑門此隨牆塹行多

當天著圖尋墨易名故國時平空有今荒城人少半為村悠悠興廢皆如此賴付乾愁酒一罇

示長安君

少年離別意非輕老去相逢亦愴情草草杯盤供笑語昏昏燈火話平生自憐湖海三年隔又作塵沙萬里行欲問後期何日是寄書應見鴈南征

和平甫招道光法師

緇師投老演真乘像外空無不與肱於總持門通一路以光明藏續千燈從容發口酬摩詰邂逅持心契惠能新句得公還有賴古人詩字恥非僧

和張仁晚過集禧觀

妍暖聊隨馬首東春衫猶未著方空一燈霞送色歸瑤

水山本分香繞閬風壯髮已輸塵外緑蒼顔漫到酒邊紅日斜歸去人間世却記前遊似夢中

程公闢轉運江西

江西一節鑄黄金最慰章濱父老心長孺向來真予次公今不異重臨餘風尚有歡謡在陳迹非無勝事尋尋豫想新詩能寄我十年華省故情深

次韻微之即席

釀成吳米野泡囊却愛清談氣味長閑日有僧來此息平時無盜出南塘風亭對竹酬孤峭雪逕尋梅認暗香江水中灑應未變一杯終欲訖吾嘗

和王微之秋浦望齊山感李太白杜牧之

齊山置酒菊花開秋浦聞猿江上哀此地流傳空筆

墓昔人埋没已蒿萊平生志業無高論末豈爲臺者
逸寺尚得使君驅五馬與尋陳迹久徘徊

次韻王微之登高齋

臺殿荒墟辱井埋豪華不復見臨春北山漠漠雲臺
城南墟悠悠水映人驅道蔽虧松竿死射場埋没雉
多闕登高一曲悲亡國想繞紅梁落暗塵

和微之重感南唐事

叔寶傾陳衍斃梁可嗟曾不見興亡齋祠父子終身
富貴酬詠君臣與國荒南竹航山非故地北師淮水失
君王天敎四海歸眞主誰誇　童旨乃用良

李君昆弟訪别長蘆至淮陰追寄

愁水遙風雪能高亂流追我秖魚艇忽看淮月臨寒

食想映江春聽伯勞諳義當歲酬一角文章已秃兔

千毫後生可畏吾知子南北何時見兩髦

貴州虞部使君訪及道舊竊有感慨因成

小詩

韶山秀拔江清寫氣象遂能出搢紳當我垂髫初識

字看君揮翰獨驚人鄭籤怨報應塵入齋闈遇瞻組

綬新握手更誰知往事同時諸彥略成塵

沖卿席上得行字

二年相值喜同聲並轡塵沙眼亦明新語各從天上

得殘樽同向月邊傾已嗟後會歡難必更想前官責

尚輕黽勉敢忘君所勗古人憂樂有違行

示董伯懿

穿橋度壑秪閑行詠石看物花亦漫成嚼蠟已能忘世味畫脂那更惜時名長千里北寒山紫白下門西野水明此地一廛須卜築故人他日論柴荊

臨川先生文集卷第十九

臨川先生文集卷第二十

律詩 七言八句

思王逢原三首

和吳御史臨淮感事

和文淑湓浦見寄

次韻吳季野再見寄

次韻平甫贈三䕫山人程惟象

次韻和甫詠雪

次韻張氏女弟詠雪

次韻徐仲元詠梅二首

詩呈節判陸君

留題曲觀盆山

不到太初見所居遂已十年以詩攀寄

偶成二首

雨過偶書

季春上句苑中即事

上西垣舍人

退朝

與微之同賦梅花得香字三首

和晚菊

景福殿前柳

四月暴

牆西樹

度麾嶺寄華老

擬吳公陶淵明偶爲彭澤令至今有廟在焉

刁景純作詩見示繼以一篇

寄沈鄱陽

送裴如晦宰吳江

次韻樂道送花

善思亭

慈臺

和正叔懷真兄草堂

[illegible]子憲西齋

寄題恩軒

陳君式大夫恭軒

寄黄吉甫

高魏留

丁年

思王逢原三首

布衣阡陌動成群卓犖高才獨見君杞梓豫章蟠絕壑麒麟騕褭跨浮雲行藏已許終身共生死那知半路分便恐世間無妙質鼻端從此罷揮斤

二

蓬蒿今日想紛披冢上秋風又一吹妙質不爲平世得微言惟有故人知廬山南墮當書案盆水東來入酒卮陳迹可憐隨手盡欲歡無復似當時

三

百年相望濟時功歲路何知向此窮鷹隼奮飛凰羽

短鬢驚埋沒爲郡空中郎舊業無兒何康子高才有婦同想見江南原上墓樹枝零落紙錢風

和吳御史臨淮感事

繡鏁城扉曉一開擁牙車轂轔轔成雷黃塵欲礙龜山出白浪空分汴水來澄觀有詩邀賦陋謇雲無方報新回騷人此日追前事悲氣隨秋動管灰

和文淑滄浦見寄

多難漂零歲月賒空餘文墨舊生涯相看莫話當年里一不及荼陳似一家髮爲感傷無異蔡眼從瞻望有立花唯詩與我寬愁病報爾何勞賦棣華

次韻吳季野再見寄

衣裳南北弊風塵志趣里汙已累親流俗尚疑身察

察交遊方笑黨頻頻遠同魚樂恩濠上老侵鷗鷺恥
海濱邂逅得君還恨曉能明吾意久無人

次韻平甫贈三靈山人程惟象

家山松菊半荒蕪杖策窮年信所如古見地靈非卜
筮筭知人貴自陶漁久諳郭璞言多驗老比顔含意
更疎秖欲勤成方士傳借君名姓在新書

次韻和甫詠雪

奔走風雲四面來坐看山壟玉崔嵬平治險穢非無
德潤澤焦枯是有才勢合便疑包地盡功成終欲放
春回寒鄉不念豐年瑞只憶青天萬里開

次韻張氏女弟詠雪

天上空多地上稀初寒風力故應微那能鎮壓[illegible]

起強欲侵凌白日飛，邑犬横來矜意氣，窟蟾偷出助光輝。郡城只有袁安憊，我亦年年幸賜衣。

次韻徐仲元詠梅二首

溪杏山桃欲占新，高梅放蘂尚嬌春。額黄映日明飛燕，肌粉含風冷太真。玉笛悲涼吹易散，冰紈生澀畫難親。爭妍喜有君詩在，老我一作我老翛然敢效顰。

二

舊挽青條冉冉新，花邊亦度柳前春。肌冰綽約如姑射，膚雪參差是太真。搖落會應傷歲晚，攀翻廣欲寄情親。柰無驛使傳消息，寂寞知誰笑與顰。

詩呈鄭判陸君 名彥回

中郎筆墨妙他年，晚與君遊喜象賢。款款故情初示

慧飄飄新句總堪傳英才但未遭文舉 明主寧當棄浩然投贈臨分加細屢小詩能不強雕鐫

留題曲親盆山 和州曲叙

巧與天成未覺殊國工施手豈須臾擬適瀟灑遂蒙闊勢壓黃河砥柱孤坐上煙嵐生紫翠影中樓閣見青芥為山觀水皆良喻誰向君家識所趨

不到太谷初見所居遂已十年以詩懷寄

一水衣巾翦翠綃元麥環珮刻青瑤生才故有山川氣十築小衆無市井曾宦三葉素風開閣在十年陳迹履綦銷歸夢早晚重催謁子莫負幽人久見招

偶成二首

漸老偏諳世上情已知吾事獨難行脫身負乘將求

志戮力求田豈爲名高論頗隨衰俗廢壯懷難值故人傾相逢始欲寬愁病搔首還添白髮生

二

懷抱難開醉易醒曉歌悲壯動秋城年光斷送朱顔去世事栽培白髮生三畝未成幽處宅一身還逐衆人行可憐蝸角能多少獨與區區觸事爭

雨過偶書

霈然甘澤洗塵寰南畝東郊共慰顔地望歲功還物外天將生意與人間霽分星斗風雷靜涼入軒窗枕簟閑誰似浮雲知進退繞成霖雨便歸山

季春上旬苑中即事

輦路行看斗柄東簾垂殿閣轉春風樹林隱翳燈含

霧河漢欹斜月墜空新蘂漫知紅蔌蔌舊山常夢直
叢叢賞心樂事須年少老去應無日再中

上西垣舍人

共說才高世所珍諸賢誰敢望光塵討論潤色今為
美學問文章老更醇賦擬相如真復似詩看子建的
應親仍聞悟主言多直許史家兒往往嗔

退朝

門外鳴騶送響頻披衣強起赴雞人火城夜闇雲藏
闕玉座朝寒雪被宸邂逅欲成雙白鬢蕭條難得兩
朱輪猶憐退食親朋在相與吟哦未厭貧

與微之同賦梅花得香字三首

漢宮嬌額半塗黃粉色凌寒透薄粧好借月魂來映

焉恐驚春夢去飛揚風亭于蘇州孫蟾亦得但與認

暗香不爲調羹大應結子實須留此占年芳

二

節子非貪鼎鼐功毋偶先紅杏占年芳從教臘雪埋藏

得却怕春風漏洩香不御鉛華知國色衹裁雲縷想

仙裝少陵爲爾牽詩興可是無心賦海棠

三

淺淺池塘短短牆年年爲爾惜流芳向人自有無言

意傾國天教抵死香鬚嫋黃金危欲墮蘂團紅蠟巧

能裝嬋娟一種如冰雪依倚春風笑野棠

和晚菊

不得黃花九日吹空看野葉翠葳蕤淵明醉司勿何

處子美蕭條向此時委贅似昔終草莽栽培竝三發虞
蓬籬可憐蜂蝶飄零後始有閒人把一枝

景福殿前栢

青葉柔由來千萬歲其幾經真普賢鎡鳴鑾報道劍求龍應
靈枝獨宮雲鶴與盤怪石誤蒙三品號老松先得大
夫官知君勁節無榮慕寵辱紛紛一等看

四月果

一春芳半勸花風幾日園林幾樹紅追攀無帝恨
晚綠紛吹洗忽成空行看果下蒼苔也已作人間白
髮翁豈惜蕭鼓留夜歡此身醒醉與誰同

墻西樹

墻西高樹幾年陰獨步庭前年向此留白日層霧蕩兹

老清風一至使人愁紛紛瞑鳥驚還合渺渺涼蟬咽欲休回首舊林歸未得看看知復幾春秋

度麾嶺寄莘老

區區隨傳換冬春夜半懸崖託此身肯慕王尊能許國直緣毛義欲私親花爲巳壞生平學夢想猶歸宴實濱風月一歌勞者事能明吾意可無人

狄梁公陶淵明俱爲彭澤令至今有廟在焉刁景純作詩見示繼以一篇（嘉祐中提點江東刑獄時作）

梁公壯節競憂驄陶令清身託酒徒政在房陵成底事年稱甲子亦何須江山彭澤空遺像歲月柴桑失故區末俗此風猶不競詩翁歎息未應無

寄沈鄱陽時爲江東提刑

離家當日尚炎風叱馭歸時九月窮朝渡藤溪霜落後夜過麾嶺月明中山川道路良多阻風俗謠言苦未通唯有番君人共愛流傳名譽滿江東

送裴如晦宰吳江

青髮朱顔各少年幅巾談笑兩歡然柴桑別後餘三徑天祿歸來盡一廛邂逅都門誰載酒蕭條江縣去鳴弦猶疑甫里英靈在到日憑君爲艤船

次韻樂道送花

汴水名園好物華露盤分送子雲家新排欲應何人面彩筆知書幾葉花曾和郢中歌白雪亦陪天上飲流霞及春風已得同心賞更擬攜詩載酒誇

籌邊亭 在江東轉運司南廳後圃

昔人何計亦何思許國憂民適此時寓興中園爲遠趣託名華榜有新詩數株碧柳蒼苔地一丈紅蕖渌水池坐聽蒔謠知歲美想銜杯酒問花期

愁臺

頹垣斷塹有平沙老木荒榛八九家河勢東南吹地坼天形西北倚城斜傾壺語罷還登眺岸幘詩成卻嘆嗟萬事回頭今白髮一年容易即黃花

和正叔懷其兄草堂

茆堂竹樹水之濱耕稼逍遥似子眞小吏一身今倦宦先生三畝獨安貧欲抛縣印辭黃綬來借山冠戴白綸稍恐明時收士急不容家有兩閑人

鄭子憲西齋

漫（名[illegible]）軒窓意亦深，滔滔浮俗倦登臨。詩書千載經綸志，松竹四時蕭灑心。曉枕不容春夢到，夜燈唯許月華侵。行看富貴酬勤苦，車馬重來拾翠陰。

寄題思軒

名郎此地肯徘徊，天誘良孫接踵來。萬屋尚歌餘澤在，一軒還向舊堂開。右軍筆墨空殘沼，内史文章稱慶臺。邑子從今誇勝事，豈論王謝世稱才。

陳君式大夫恭軒

恭軒靜對北堂林，新斸檀欒一畝陰。膝下往來竟日事，眼中封植去年心。每懷罇斝沾餘瀝，獨喜弦歌有嗣音。肯（名御）會須門閥大，世資何用滿籯金。

寄黃吉甫

學兼文武在吾曹，別後應看虎豹韜。欲問廟堂誰鎮撫，尚傳邊塞敢驕。旌旗急引飛黃下（時發騎士南征），烽火遥連太白高。聞說荆人亦憔悴，家家還願獻春醪。

高魏留

魏留十七助防邊，埋没鹽州十八年。衣屢穿空委胡婦，糗糧辛苦待山田。關河舊路頻回首，腹背他時兩受鞭。邂逅得歸耶戰死，毋隨人去亦蕭然。

丁年

丁年結客盛遊從，宛洛纏車處處逢。吟盡物華愁筆老，醉消春色愛醅濃。壚間寂寞相如病，鍛處荒涼叔夜慵。早晚青雲須自致，立談平取徹侯封。

臨川先生文集卷第二十